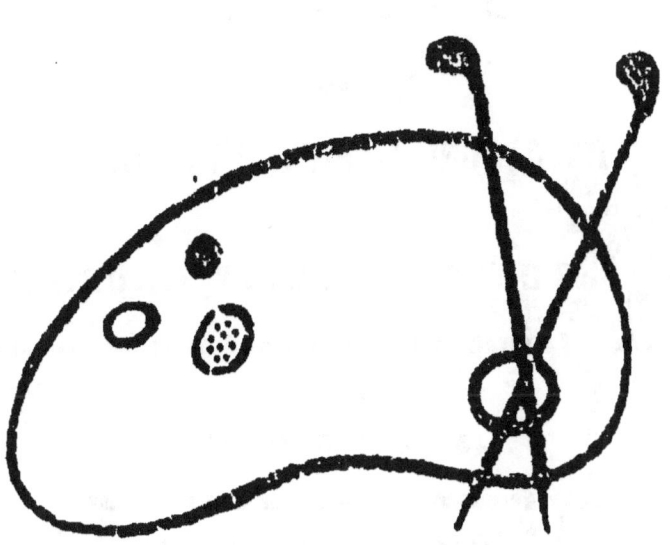

Couvertures supérieure et inférieure
en couleur

TROIS MOIS
SOUS LA NEIGE

JOURNAL
D'UN JEUNE HABITANT DU JURA

suivi des

AVENTURES DU PETIT MAURICE

Ouvrage destiné à servir de lecture courante dans les écoles primaires

PAR

JACQUES PORCHAT

OUVRAGE COURONNÉ PAR L'ACADÉMIE FRANÇAISE
ET AUTORISÉ PAR L'UNIVERSITÉ

NOUVELLE ÉDITION

PARIS
LIBRAIRIE CH. DELAGRAVE
15, RUE SOUFFLOT, 15

Les Colons du rivage, ou industrie et probité, suivis de deux nouvelles (*Germain le vannier* et *les Deux Meuniers*), par LE MÊME. 1 vol. in-12, cart. . . . . . . » 80
— *Le même*, avec 6 vign., cart. . . . . » 90

Sceaux. — Imp. M. et P.-E. Charaire.

TROIS MOIS

SOUS LA NEIGE

Tout exemplaire de cet ouvrage non revêtu de ma griffe sera réputé contrefait.

Coulommiers. — Typog. P. BRODARD et GALLOIS

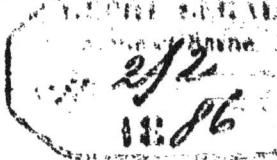

TROIS MOIS
SOUS LA NEIGE

JOURNAL
D'UN JEUNE HABITANT DU JURA

SUIVI DE NOUVELLES

Ouvrage destiné à servir de lecture courante dans les Écoles primaires

PAR

JACQUES PORCHAT

OUVRAGE COURONNÉ PAR L'ACADÉMIE FRANÇAISE

ET AUTORISÉ PAR L'UNIVERSITÉ

QUINZIÈME ÉDITION

PARIS
LIBRAIRIE CH. DELAGRAVE
15, RUE SOUFFLOT, 15

1886

INTRODUCTION

Jeunes amis,

Le récit que nous vous présentons, sous un titre qui peu vous étonner, repose cependant sur un fond de vérité; il ne surprendra nullement les personnes qui connaissent les pays de montagnes et les accidents auxquels leurs habitants sont exposés.

Puisque nous avons recueilli cette histoire, non-seulement pour vous amuser, mais aussi pour vous instruire, nous décrirons en peu de mots les lieux où la scène se passe, ainsi que la vie dure et laborieuse des montagnards du Jura. Le récit principal en sera plus clair et plus intéressant pour vous.

Le Jura est une chaîne de montagnes, formée de plusieurs chaînes parallèles, qui s'étendent depuis Bâle, en Suisse, jusqu'en France, en longeant les départements du Doubs, du Jura et de l'Ain, dans la direction du nord-ouest au sud-ouest, sur une longueur de 280 kilomètres environ, et une largeur de 60 à 64. Le Jura renferme un grand nombre de vallées, et présente plusieurs sommets très-élevés, parmi lesquels on distingue le Reculet, qui a plus de 1,740 mètres au-dessus du niveau de la mer, la Dôle et le Mont-Tendre, qui dépassent 1,700 mètres.

Ces détails sont importants à connaître, mes amis, car c'est en grande partie la différence de hauteur des montagnes qui les rend plus ou moins habitables : plus elles sont hautes, plus il y fait froid, plus l'été y est court, la végétation difficile, et la neige précoce et abondante ; il y en a même qui sont si hautes, que jamais elle n'y fond entièrement.

Mais toutes les montagnes du Jura finissent par s'en dépouiller chaque année ; quelque végétation s'y développe sur les sommets les plus élevés ; sur beaucoup de points elles sont couvertes de bois magnifiques de hêtres, de chênes, et surtout de sapins, tandis que d'autres parties offrent d'excellents pâturages, où l'on nourrit de très-beau bétail, et particulièrement des bœufs, des vaches et des chèvres. Néanmoins ces belles montagnes ne sont guère habitables que pendant cinq mois de l'année, depuis mai ou juin jusqu'aux premiers jours d'octobre.

Dès que les neiges sont fondues et que les sommets reverdissent, les villages, tous bâtis dans les vallées ou sur les pentes inférieures, envoient leurs troupeaux à la montagne. Ce départ est un jour de fête, et pourtant les pauvres bergers vont s'exiler loin de leur famille, pendant toute la belle saison, pour mener une vie dure, laborieuse et pleine de privations. Ils se nourriront presque uniquement de laitage, n'auront souvent à boire que de l'eau de citerne, et passeront tout leur temps à paître leurs troupeaux et à faire ces grands et beaux fromages de pâte ferme, qu'on vend sous le nom de *fromages de Gruyère.*

C'est à la montagne qu'ils se fabriquent. Là, chaque berger a un *chalet,* maison chétive, bien que bâtie le plus souvent en pierre. Elle est couverte en petites planchettes de sapin, nommées *bardeaux* ou *tavillons;* de grosses pierres, posées de place en place, les pressent de leur poids et empêchent que l'orage ne les emporte. L'intérieur du chalet est divisé en trois pièces; une étable bien close pour loger le bétail le soir; une étroite et fraîche laiterie, où l'on dépose le lait dans des baquets de bois blanc, et une cuisine servant en même temps de chambre à coucher, où le pauvre berger n'a souvent pour lit que de la paille. Cette cuisine a une vaste cheminée, sous laquelle pend une énorme chaudière, pour chauffer le lait et le convertir en fromage.

Pendant toute la durée de leur séjour à la montagne, les bergers ne voient guère que quelques étrangers qui visitent le pays. Ils leur donnent volontiers de la crème, et reçoivent en échange un peu de pain frais, régal bien rare dans les chalets. Cependant ces pâtres ne se plaignent pas de leur sort; ils ne cherchent pas à changer de condition; ils aiment leurs âpres solitudes, et restent fidèles aux coutumes, aux labeurs et aux foyers de leurs pères.

Leur campagne d'été ne finit qu'à la Saint-Denis, le 9 octobre. Alors ils quittent la montagne; c'est une fête comme celle du départ, mais plus douce, puisque cette fois ils vont revoir leur famille. D'autres travaux, bien différents, commencent alors au village. Ces montagnards, obligés de se suffire en grande partie à eux-mêmes, sont très-adroits; ils fabriquent des ustensiles de ménage, des outils, des meubles, découpent et sculptent une foule de jolis objets en bois, qui, vendus dans le voisinage, se répandent ensuite dans toute l'Europe.

Pendant ces longues journées d'hiver, les enfants s'instruisent sous le toit paternel, le chemin de l'école n'étant pas toujours ouvert ou praticable. Rassemblés auprès de leurs parents, plusieurs enfants prennent le goût de l'étude, font en commun quelque lecture intéressante, et s'instruisent en même temps qu'ils distraient leur famille.

Notre jeune villageois n'est donc pas un esprit sans culture; il a pu écrire son histoire, et nous avons préféré le laisser parler lui-même. Il nous apprendra comment il fut conduit à rédiger ce journal, et comment il en trouva les moyens, lorsque, par suite de circonstances qu'il nous fera connaître tout à l'heure, il se vit emprisonné, avec son grand-père, dans un chalet.

Nous souhaitons, jeunes amis, que vous ne soyez jamais exposés à de si rudes souffances; mais, dans le cours de la vie, vous aurez souvent besoin de patience et de courage : l'exemple de Louis Lopraz vous convaincra que l'enfant animé par la confiance en Dieu est capable d'efforts qu'on n'aurait pas attendus de son âge; vous apprendrez que l'école du malheur est souvent la plus utile à l'homme, et que la bonté divine se révèle aussi clairement à notre égard dans nos afflictions que dans nos prospérités.

TROIS MOIS
SOUS LA NEIGE

JOURNAL

D'UN JEUNE HABITANT DU JURA

Le 22 Novembre 18...

Puisque c'est la volonté de Dieu que je sois enfermé dans ce chalet avec mon grand-père, je vais écrire jour par jour ce qui nous arrivera dans cette prison, afin que, si nous devons y périr, nos parents et nos amis sachent comment nous avons passé nos derniers jours, et que, si nous sommes délivrés par la bonté divine, ce journal conserve le souvenir de nos dangers et de nos souffrances. C'est mon grand-père qui veut que j'entreprenne ce travail, pour abréger un peu les heures, qui vont être sans doute bien longues à passer, et bien difficiles à remplir. Je rapporterai d'abord ce qui nous est arrivé hier.

Nous attendions mon père au village depuis plusieurs semaines; la Saint-Denis était passée; tous les troupeaux étaient descendus de la montagne avec leurs bergers. Mon père seul ne paraissait point, et l'on se dit chez nous : « Qu'est-ce qui peut le retenir ? » Mes oncles et mes tantes assuraient qu'il fallait être sans inquiétude; qu'il restait apparemment de l'herbe à consommer, et que c'était la raison pour laquelle mon père gardait le troupeau quelque temps de plus à la montagne.

Mon grand-père finit par s'alarmer de ce retard; il dit : « J'irai moi-même savoir ce qui arrête François; je ne serai pas fâché de faire encore une visite au chalet. Qui sait si je dois le revoir l'année prochaine? Veux-tu venir avec moi? » ajouta-t-il en me regardant.

J'allais moi-même lui demander la permission de l'accompagner, car nous ne nous séparons guère l'un de l'autre.

Nous fûmes bientôt prêts à partir. Nous montâmes lentement, tantôt en suivant des gorges étroites, tantôt en côtoyant des précipices profonds. A un quart de lieue du chalet, je m'approchai par curiosité d'une pente escarpée; et mon grand-père, qui m'avait déjà dit plus d'une fois que cela lui donnait de l'inquiétude, s'avança rapidement pour me prendre la main; une pierre lui roula sous le pied, et il se donna une entorse, qui lui causa une douleur très-vive; mais, au bout de quelques moments, il put marcher, et nous espérâmes que cela se passerait ainsi. En s'aidant de son bâton de houx, et en s'appuyant sur mon épaule, il se traîna jusqu'ici.

Mon père fut bien surpris de nous voir. Il était occupé à faire des préparatifs pour le départ; en sorte que, si nous l'avions attendu tranquillement au village un jour de plus, il serait venu lui-même nous tirer d'inquiétude.

— C'est vous, mon père! dit-il en s'avançant pour le soutenir. Vous avez cru qu'il m'était arrivé un accident?

— Oui, nous venons savoir ce qui t'arrête, quand tous les voisins sont descendus.

— Quelques-unes de nos vaches étaient malades; mais les voilà guéries. J'envoie Pierre ce soir même avec le reste de nos fromages ; je descendrai demain avec le troupeau.

— Es-tu bien fatigué, Louis ? me dit mon grand-père.

Le ton dont il me fit cette question m'annonçait quelque intention secrète, et je ne répondis pas d'une manière bien claire.

— Je pensais, ajouta mon grand-père, qu'il serait prudent de renvoyer l'enfant avec Pierre ; le vent a changé depuis une demi-heure, et nous amènera peut-être du mauvais temps cette nuit.

Mon père exprima la même crainte, et m'engageait à suivre ce conseil.

— Si tu veux, me dit grand-papa, je ferai un effort, et je descendrai avec toi ; quelques moments de repos me suffiront.

— J'aimerais mieux vous attendre, dis-je à mon père, en me jetant à son cou. Une nuit de repos est bien nécessaire à grand-papa, qui s'est blessé au pied, parce que j'ai manqué à mon devoir.

Je racontai là-dessus ce qui nous était arrivé à quelque distance du chalet. Il fut convenu que nous descendrions ensemble le lendemain, qui était hier.

Il y avait alors sur le feu une marmite que je regardais avec des yeux où mon père vit un signe d'impatience. Il nous servit, dans une terrine, une soupe à la farine de maïs, cuite au lait, que nous mangeâmes, comme des soldats, à la gamelle ; après quoi, je me couchai. Je m'endormis, sans trop faire attention à la conversation de mon grand-père et de mon père, qui causèrent longtemps à demi-voix après souper.

Le lendemain, je fus bien surpris de voir la montagne toute blanche. La neige tombait encore avec une abondance extraordinaire, chassée par un vent

violent. Cela m'aurait fort amusé, si je n'avais pas
remarqué l'embarras de mes parents. Je fus bien
inquiet moi-même, quand je vis mon grand-père essayer de faire quelques pas, et se traîner avec beaucoup de peine, en s'appuyant sur les meubles et
contre les murs. L'accident de la veille lui avait fait
enfler le pied, et il ressentait une douleur très-vive.

— Partez, partez, nous dit-il. Emmène cet enfant, avant que la neige s'élève davantage. Tu vois
bien qu'il m'est impossible de vous suivre.

— Mais croyez-vous, mon père, que je puisse
vous abandonner?

— Mets d'abord en sûreté ton fils et le troupeau;
tu penseras ensuite à moi. Vous remonterez avec
un brancard pour me tirer d'ici.

— Laissez-moi, mon père, vous porter sur mes
épaules, et partons sans retard, je vous en prie.

— Mon ami, tu ne pourrais, si pesamment chargé,
emmener le troupeau et guider les pas de cet enfant.

Nous passâmes ainsi une partie du jour sans
prendre un parti. Nous espérions encore qu'on viendrait de chez nous à notre secours. Je dis enfin que
j'étais assez grand pour me passer de guide, et
pour aider mon père à conduire le troupeau. Ces
représentations furent inutiles; mon grand-père
persista dans sa résolution. Il ne voulait pas nous
mettre en danger, en nous chargeant de sa personne.

Mon père le pressait avec une vivacité qui ressem-
blait à l'emportement. Je pleurais. Enfin cette con-
testation s'apaisa, et j'ose dire que ce ne fut pas
sans mon secours. Je dis à mon père :

— Laissez-moi aussi dans le chalet. Vous en ar-
riverez plus tôt chez nous; vous reviendrez avec du

moude pour nous délivrer; grand-papa aura quelqu'un pour le servir et lui tenir compagnie : ce sera pour moi une occasion de reconnaître ses bontés; nous nous garderons l'un l'autre, et le Tout-Puissant nous gardera tous deux.

— L'enfant a raison, dit mon grand-père; la neige est déjà si haute, et l'orage est si fort, que je vois plus de danger pour lui à te suivre qu'à rester avec moi. Tiens, François, prends ce bâton; il est fort, il est armé d'une pointe de fer; il t'aidera à descendre, comme il m'a aidé à monter. Fais sortir les vaches de l'étable; laisse-nous la chèvre et les provisions qui restent. Je suis plus inquiet pour toi que pour nous.

Depuis un moment mon père tenait la tête baissée : il la releva tout à coup, et me prit vivement dans ses bras; je sentis ses larmes couler sur mes joues.

— Je ne te ferai point de reproches, mon cher Louis, mais tu vois les suites de ta désobéissance : promets-moi de n'y plus retomber. Dieu a permis ce que nous voyons, et, il faut bien l'avouer, ni ton grand-père ni moi nous n'avons prévu l'extrême embarras où nous sommes. Si nous avions supposé hier au soir que notre situation serait si fâcheuse aujourd'hui, nous aurions profité du secours de Pierre pour emmener le grand-papa.

Quand j'ai vu mon père près de partir, je lui ai présenté une jolie bouteille empaillée, où il restait un peu de vin, et dont je m'étais pourvu la veille.

— Prenez ceci, lui ai-je dit; vous en aurez plus besoin que nous aujourd'hui. Vous savez que ma pauvre mère m'avait donné cette bouteille, la première fois que je vins vous faire visite à la montagne : je suis heureux qu'elle serve dans une occasion si importante pour vous et pour nous.

— Marie ! s'écria mon père avec émotion ; elle est en paix.

Et il me pressa encore une fois dans ses bras, en mémoire de celle qui ne peut plus me faire de caresses.

Nous fîmes sortir le troupeau, qui parut bien surpris de trouver la terre couverte de neige. Quelques vaches s'écartaient et couraient autour du chalet. Enfin elles se sont mises en marche. Au bout de quelques pas, mon père a disparu avec elles dans les tourbillons de neige.

On ne le voyait plus, et mon grand-père semblait toujours le suivre des yeux. Il était appuyé sur la fenêtre, sans rien dire, mais ses lèvres paraissaient articuler quelques paroles ; il avait les mains jointes et restait immobile. Son recueillement m'a fait comprendre mon devoir ; je me suis uni à ses sentiments, et j'ai recommandé mon père à Dieu. Nous sommes demeurés ainsi fort longtemps, puis le vent a soufflé avec plus de violence ; de gros nuages noirs nous ont enveloppés, et la nuit est tombée presque subitement. Cependant notre horloge de bois venait à peine de sonner trois heures.

— Bon Dieu, ayez pitié de lui ! dit mon grand-père ; mais il a passé la forêt depuis longtemps, et il n'est pas exposé à cette bourrasque. Comme il va être inquiet sur notre sort !

Nous avions été si distraits tout le jour, que nous n'avions pas pensé à prendre la moindre nourriture, et je mourais de faim. A ce moment, j'ai fait remarquer à grand-papa les bêlements de la chèvre.

— Pauvre Blanchette ! a-t-il dit. Son lait lui pèse ; elle nous appelle. Allume la lampe ; nous irons la traire et nous souperons.

— Nous déjeunerons aussi, grand-papa !

Cette parole le fit sourire, et, comme je pus m'en apercevoir à la clarté de la lampe, il reprit un air plus tranquille, qui me rendit un peu de courage. Cependant le vent grondait bien fort. Il s'engouffrait sous les bardeaux, qu'il faisait frémir, et l'on aurait dit que le toit du chalet allait être emporté. Je levais la tête par moments.

— Ne crains rien, m'a dit mon grand-père. Cette maison a soutenu bien d'autres orages. Les bardeaux sont chargés de grosses pierres, et le toit, peu incliné, n'offre pas beaucoup de prise au vent.

Ensuite il m'a fait signe de marcher devant lui, et nous sommes entrés à l'étable.

Quand la chèvre nous a vus, elle a redoublé ses bêlements; on aurait dit qu'elle allait rompre son lien, tant elle faisait d'efforts pour venir à nous. Avec quelle avidité elle a mangé la poignée de sel que je lui ai donnée! Sa langue a passé et repassé sur ma main, pour ne pas en laisser une parcelle. Elle nous a donné un grand pot de lait. J'en avais besoin. Mon grand-père m'a dit, en revenant à la cuisine :

—Gardons-nous bien d'oublier encore Blanchette; nous la trairons soigneusement matin et soir; notre vie dépend de la sienne.

Je lui ai répondu :

— Vous croyez donc que nous resterons longtemps ici ?

— Cela n'est pas certain, mon ami, mais cela peut être. Il faut toujours espérer le mieux, et prendre ses précautions comme si le pire devait arriver.

Après souper, je suis allé remplir la crèche de notre nourrice; je lui ai donné de la litière fraîche; je l'ai caressée, il faut l'avouer, plus amicalement que de coutume; elle me semblait aussi plus joyeuse de me voir. C'est qu'elle est à présent toute seule dans l'étable; et les chèvres ont tant de peine à se passer de compagnie ! Quand elle m'a vu rentrer à la cuisine, elle s'est mise à bêler d'un ton plaintif.

Nous sommes restés encore quelques moments au coin du feu; mais il s'en faut beaucoup que l'on y soit aussi bien que dans notre maison de la plaine. La cheminée est aussi grande par le bas qu'une chambre ordinaire; elle va en se rétrécissant par le haut, mais l'ouverture est encore si vaste sur le toit, que la neige qui s'y introduisait, chassée par les tourbillons, nous incommodait extrêmement ; elle faisait un bruit désagréable en fondant au feu, et, de temps en temps, il nous fallait secouer les flocons dont nos habits étaient couverts.

— Tu le vois bien, mon enfant, a dit mon grand-père, nous ne pourrons trouver ce soir de la chaleur que dans notre lit. Allons nous y réfugier : la neige ne nous y atteindra pas; demain nous tâcherons de nous en préserver au coin du feu. Prions Dieu, et remettons-nous à sa garde ; il est présent partout, sur la montagne comme dans la plaine ; quand la neige qui nous couvre serait cent fois plus épaisse, nous n'en serions pas moins sous ses yeux; il voit nos mains jointes ; il entend nos faibles soupirs. Oui, Seigneur, vous êtes avec nous ; *nous reposerons sans crainte à l'ombre de vos ailes.*

J'étais ému, et je n'ai jamais prié avec plus de confiance qu'hier au soir.

Ce matin, à mon réveil, je me suis trouvé dans l'obscurité la plus complète, et j'ai d'abord supposé que le sommeil m'avait quitté plus tôt que de coutume; cependant j'entendais mon grand-père marcher à tâtons, et je me suis frotté les yeux, mais je n'en voyais pas plus clair.

— Grand-papa, ai-je dit, vous vous levez avant le jour !

— Mon enfant, a-t-il répondu, si nous attendions que le jour nous éclairât, nous resterions longtemps au lit. Je crois que la neige dépasse la fenêtre.

A cette nouvelle, j'ai poussé un cri d'effroi, et, sautant à bas du lit, j'ai allumé bien vite notre lampe, et nous avons pu nous assurer que la triste upposition de mon grand-père était fondée.

— Mais la fenêtre est basse, a-t-il ajouté ; d'ailleurs, il est probable que la neige a été amoncelée en cet endroit ; peut-être n'en verrions-nous pas deux pieds à quelques pas de la muraille.

— Alors on viendra nous délivrer ?

— Je l'espère ; mais, après Dieu, comptons d'abord sur nous-mêmes. Supposé qu'il veuille nous tenir enfermés ici quelque temps, voyons quelles sont nos ressources, et, quand nous les connaîtrons, nous réglerons l'emploi que nous en devons faire. Le jour est venu, ce n'est pas douteux. Le *coucou* (1) marque sept heures. Heureusement je n'avais pas oublié de le remonter hier au soir. C'est une précaution que nous devrons prendre soigneusement : on aime toujours à savoir comment on vit, et il faut que nous soyons ponctuels avec Blanchette.

C'est ainsi que nous avons commencé la journée ; mais elle a été triste et fatigante : je ne peux plus tenir la plume ; grand-papa est d'avis que je renvoie à demain la suite de mon récit.

Le 23 Novembre.

Si cela continue, j'aurai bien de la peine à écrire chaque soir l'histoire de la journée. Quant j'étais à

_____

(1) C'est le nom que l'on donne aux horloges de bois qui se fabriquent dans ces montagnes, et dont la marche est très-régulière.

l'école, on me louait souvent pour la facilité que j'avais à faire les petites compositions prescrites comme exercices aux plus avancés; mais je suis bien loin de pouvoir dire et surtout écrire tout ce que je pense et tout ce que je sens. Je m'y appliquerai de mon mieux. Si ces pages doivent être lues un jour par quelques étrangers, ils n'oublieront pas qu'ils les ont trouvées dans un chalet, et qu'elles sont l'ouvrage d'un écolier.

Hier matin, quand nous eûmes reconnu que nous étions plus étroitement prisonniers que la veille, nous fûmes bien attristés; cependant nous pensâmes au déjeuner et à la chèvre. Pendant que grand-papa était occupé à la traire, je le regardais de près, avec beaucoup d'attention.

— Tu fais bien, m'a-t-il dit; il faut que tu apprennes à me remplacer. Tu vois que j'ai un peu de peine à me courber pour atteindre à la mamelle de Blanchette. Approche-toi, essaye de la traire toi-même.

Au bout d'un moment je suis parvenu à faire jaillir quelques gouttes de lait; mais il paraît que j'ai blessé notre nourrice, car elle a regimbé, et il s'en est peu fallu qu'elle n'ait renversé le baquet; depuis, c'est-à-dire hier au soir et ce matin, j'ai fait deux nouveaux essais, et j'ai mieux réussi.

Après déjeuner nous avons fait la revue de ce qui se trouve dans le chalet pour notre usage. J'en donnerai le détail un autre jour; j'ai encore tant de choses à dire, que je crains de rester en chemin comme hier.

Quand nous eûmes reconnu ce que nous avions en denrées et en ustensiles, nous désirâmes savoir quel temps il faisait. Je me plaçai sous la cheminée, et je regardai par la seule ouverture qui restât libre dans le chalet. Au bout de quelques moments, le soleil brilla tout à coup sur la neige, qui s'élevait autour de l'ouverture à une hauteur considérable. Je fis remarquer la chose à mon grand-père.

On distinguait assez bien l'épaisseur de la couche, parce que l'ouverture ne fait point de saillie sur le toit. C'est un simple trou, comme serait celui du fenil.

— Si nous avions une échelle, a dit mon grand-père, tu monterais là-haut et tu dégagerais une trappe que ton père a placée, m'a-t-il dit dernièrement, pour se garantir de la pluie et du froid, en attendant qu'on réparât la cheminée, qui était en mauvais état, et que l'orage a renversée.

— Si la cheminée était plus étroite, ai-je répondu, il n'y aurait pas besoin d'échelle, j'essaierais de monter comme les ramoneurs.

Nous sommes restés alors pensifs quelques moments ; mais grand-papa s'est rappelé qu'il avait vu dans l'étable une longue perche de sapin, et il m'en a fait souvenir. J'ai frappé des mains en signe de joie.

— C'est tout ce qu'il me faut, ai-je dit ; j'ai grimpé bien souvent à des arbres dont la tige n'était pas plus grosse. La perche a encore son écorce, c'est une facilité de plus.

Mais il fallait l'introduire dans le canal : voilà ce qui pouvait être malaisé. Heureusement, l'entrée en est fort large et fort élevée, et nous sommes venus à bout de l'entreprise, aidés encore par la souplesse du bois.

Ensuite je me suis mis à l'œuvre, après avoir attaché autour de ma ceinture une ficelle, afin de hisser jusqu'à moi une pelle, quand je serais en haut. J'ai tant fait des pieds et des mains, en m'ap-

puyant aussi contre les parois du canal, que je suis
arrivé sur le toit. J'ai commencé par m'y faire une
place, en déblayant la neige avec le secours de la
pelle, et j'ai pu reconnaître qu'il y en avait environ
trois pieds ; autour du chalet il me parut qu'il y en
avait bien davantage. C'était en effet le vent qui l'y
avait amoncelée ; mais il n'en était pas moins tombé
une masse énorme de neige dans un temps bien
court.

Tout l'espace que l'on voit autour du chalet n'est
qu'un tapis blanc ; la forêt de sapins, qui le couvre
du côté de la vallée, et qui borne la vue, est blanche
comme le reste, à l'exception des troncs, qui semblent tout noirs. Plusieurs arbres se sont brisés sous
le poids ; j'ai vu de grosses branches, et même des
tiges, rompues en éclats.

Dans ce moment, il soufflait une bise (1) violente
et glacée ; les nuages sombres qu'elle poussait devant elle s'ouvraient par intervalles pour laisser
briller le soleil, et cette clarté éblouissante courait
sur le champ de neige avec la vitesse d'une flèche.

Le froid me gagnait. Quand j'ai voulu expliquer
à grand-papa ce que je voyais, il s'est aperçu que
je claquais des dents ; il m'a dit alors de me hâter
et de dégager la trappe, en déblayant, autant que
je pourrais, tout l'espace autour de la cheminée. Ce
travail m'a pris bien du temps et m'a donné beaucoup de peine, mais il m'a réchauffé. Après l'avoir
achevé, selon les directions de mon grand-père ; j'ai
replacé la corde dans une poulie, de façon qu'en ti-
rant à soi on ouvre la trappe, et quelle se ferme
par son poids, quand on lâche la corde, qui passe
hors du canal et par le plancher dans des trous pra-

_____

(1) Vent du nord-est.

tiqués exprès. Après que nous eûmes fait deux ou trois fois cette petite manœuvre, pour nous assurer qu'elle réussirait toujours, je suis descendu plus facilement que je n'étais monté.

Mes habits étaient tout mouillés, et je n'en avais pas d'autres. Nous avons allumé un feu clair de branchages et de pommes de pin, puis, baissant la trappe, et laissant seulement l'espace nécessaire pour que la fumée pût s'échapper, nous avons ainsi passé la plus grande partie du jour au coin du feu, sans autre lumière que celle du foyer, car notre provision d'huile est bien petite, et nous voyons qu'il ne faut pas nous attendre à quitter de sitôt notre prison. Nous n'avons rallumé notre lampe qu'au moment de traire la chèvre.

C'est une chose bien nouvelle et bien triste pour nous de languir ainsi toute une journée. Je crois pourtant que les heures m'auraient semblé moins longues, si je n'avais été dans une attente continuelle. Il me semblait toujours qu'on allait venir nous délivrer. Je suis remonté sur le toit pour voir si personne n'arrivait ; je n'ai pas cessé de questionner grand-papa, Il espère, dit-il, que mon père est arrivé chez nous en bonne santé ; mais peut-être les chemins sont-ils éboulés, ou les passages obstrués par des amas de neige.

Enfin, après avoir fermé complétement l'ouverture de la cheminée, nous nous sommes couchés hier avec l'espérance qu'on viendrait aujourd'hui à notre secours ; mais, ce matin nous avons reconnu que, pour le moment, la chose est presque impossible.

Il n'a pas cessé, à ce qu'il nous semble, de neiger toute la nuit. Nous avons eu la plus grande peine à rouvrir la trappe : j'y suis enfin parvenu, et nous

avons pu allumer du feu. J'ai trouvé deux pieds de
neige nouvelle. Grand-papa ne veut plus que j'espère de quitter ce tombeau avant le printemps. Cette
captivité n'est pas ce qui m'attriste le plus : les dangers que mon père a courus, et, s'il y est échappé,
ses craintes à notre sujet m'inquiètent bien davantage.

Ce printemps, j'étais venu passer quelques jours
auprès de lui, et j'avais apporté de l'encre, des plumes et du papier, parce qu'il ne veut pas que je
cesse tout à fait d'étudier et d'écrire, quand je ne
vais pas à l'école. Au moment de le quitter, je vou-
lus emporter ce qui me restait de ce petit bagage,
mais il me dit :

— Laisse tout cela dans cette armoire, tu le re-
trouveras l'année prochaine en bon état.

C'est là le papier et les plumes dont je me sers
aujourd'hui, et bien autrement que je m'y attendais.

Le 24 Novembre.

Je suis encore tremblant d'épouvante, quand je
pense au malheur qui pouvait nous arriver ! Comment imaginer qu'ensevelis sous la neige, nous ayons
manqué d'être consumés par l'incendie ? Voilà un
nouveau danger contre lequel il faudra nous tenir
en garde. Nous étions devant notre feu, et, pour
passer le temps, mon grand-père me faisait un peu
calculer ; j'avais répandu de la cendre sur le foyer,
comme on fait du sable, dans quelques écoles, pour
tracer des chiffres dessus ; pendant que j'achevais
mon petit calcul, à la clarté des tisons, nous avons
senti de la chaleur par derrière : elle venait d'une
gerbe de paille, dont nous voulions nous servir pour
faire quelques ouvrages, et que j'avais placée trop
près du foyer. Elle brûlait déjà par un bout. J'ai

voulu me jeter dessus pour éteindre le feu : je n'ai réussi qu'à me brûler les mains. Grand-papa, malgré la peine qu'il a toujours à se lever, s'est élancé sur la gerbe, et l'a portée sans hésiter sous la cheminée, toute flambante.

— Ecarte, m'a-t-il crié, tout ce qui pourrait prendre feu !

J'ai écarté nos siéges, la provision de bois et tout ce qui était dans le voisinage du foyer. Alors nous avons passé un moment affreux. La flamme allait toujours en augmentant; nous tenions la gerbe dressée contre le mur, à l'aide d'une fourche de fer et de la pelle à feu. Pas une goutte d'eau en réserve ! Le chalet était éclairé par une flamme rougeâtre; la fumée ne pouvait se faire passage et nous suffoquait. Cependant, si nous laissions tomber la gerbe, le feu se répandait partout, et nous étions certainement perdus. Des brins de paille enflammés voltigeaient de côté et d'autre : ils pouvaient tomber sur le lit, au coin de la chambre, ou mettre le feu aux solives sur nos têtes ou à la cloison qui nous séparait de l'étable..... Il semble qu'une gerbe de paille doive être bientôt consumée, et pourtant j'ai cru que je n'en verrais jamais le bout. Enfin l'embrasement s'est apaisé.

— Marche vite, m'a dit grand-papa, sur ce qui brûle encore; étouffe les moindres étincelles.

Il m'en a donné l'exemple lui-même. Au bout d'un moment, nous étions retombés dans une profonde obscurité; mais nous n'avons pas cessé de craindre, avant de nous être assurés que le feu n'avait pris nulle part autour de nous. Peu à peu la fumée s'est dissipée à son tour; nous avons allumé la lampe, et nous nous sommes vus noirs comme des charbonniers; mais, grâce à Dieu, nous voilà sauvés, nous et notre chalet, sans autre mal que de légères brûlures aux mains et aux pieds.

Nous avons secoué la cendre et la poussière dont nous étions couverts, et mon grand-père, s'accusant encore de négligence, m'a dit :

— On ne saurait réparer trop promptement ses torts. Si nous avions eu sous la main un seau d'eau, nous aurions évité ce danger ; nous avons dans la laiterie un tonneau vide, il faut le défoncer par un bout et le placer sur l'autre au bout du foyer. Nous le remplirons de neige, qui sera bientôt fondue, et nous aurons une provision d'eau en cas d'accident. Mais surtout soyons plus prudents et plus attentifs. Je n'ai pas besoin de te dire que l'incendie du chalet serait notre mort ; nous n'avons aucun moyen d'échapper ; un pareil accident est aussi redoutable pour nous que pour des marins sur l'Océan.

Nous nous sommes donc mis à l'œuvre sur-le-champ. Nous avons ouvert la porte du chalet, et nous avons rempli le tonneau, après l'avoir placé dans un endroit convenable. Ce n'est pas la neige qui nous manquera! J'ai eu le cœur serré, lorsqu'en ouvrant notre porte, j'ai vu devant nous cette muraille blanche, qui nous sépare du monde entier.

Le 25 Novembre.

Dieu veut que nous mettions toute notre espérance en lui. La neige continue à tomber avec abondance. J'ai eu de nouveau beaucoup de peine à nettoyer la trappe qui en était chargée. Nous avons jugé prudent de débarrasser le toit d'une partie du fardeau qu'il porte. Je m'en suis occupé longtemps aujourd'hui. Je laisse sous mes pieds une couche de neige assez épaisse pour nous garantir du froid, et je fais tomber le reste.

C'est une distraction pour moi d'être un peu hors de mon cachot, et pourtant ce que je vois est bien triste. On ne distingue presque plus autour de la maison les inégalités du terrain ; la citerne, que je voyais encore hier, a complétement disparu ; rien de plus morne que ce paysage ; la terre est blanche, le ciel est noir. J'ai lu à l'école des récits de voyages dans l'Océan glacial et aux terres polaires : il me semble que nous y sommes transportés. Mais, puisque de malheureux voyageurs, qui ont tant souffert du froid et couru de si grands dangers, sont quelquefois revenus dans leur patrie, j'espère aussi que nous reverrons mon père et le village.

Nous ne sommes pas dépourvus de tout dans notre habitation solitaire. Nous avons trouvé plus de foin et de paille qu'il n'en faudrait pendant une année pour la nourriture et la litière de Blanchette. Si elle ne cesse pas de nous donner du lait, nous avons là un secours bien précieux. Mais un accident peut nous en priver, et nous avons été fort aises de trouver, dans un coin de l'étable, une petite provision de pommes de terre, que nous ménagerons. Nous avons commencé par les couvrir de paille pour les garantir de la gelée. C'est aussi à l'étable que mon père avait fait serrer le bois ; mais ce qu'il en reste serait insuffisant pour nous chauffer pendant un long hiver ; c'est donc fort heureux que nous puissions fermer la trappe, dans les moments où nous n'aurons pas un besoin pressant de feu : quand on est exposé à manquer de combustible, il faut savoir d'abord écarter le froid. Heureusement la neige, qui nous emprisonne, nous abrite en même temps. Je

suis surpris que nous sentions si peu le froid, ensevelis comme nous voilà :

— C'est ainsi, dit mon grand-père, que le blé se
conserve si bien sous la neige.

Nous ferons de même ; nous nous tiendrons ca-
chés tout l'hiver, et, au printemps, nous mettrons
la tête à la fenêtre. Mais jusqu'alors nous allons
éprouver bien de l'ennui, et Dieu veuille que tout se
borne là !

Pour suppléer au bois, nous avons un tas de
pommes de pin, dont j'avais amassé moi-même une
partie, pour les brûler au village. C'est par hasard
qu'on ne les a pas descendues. Enfin, si nous y sommes forcés, nous n'hésiterons pas à brûler les crèches de l'étable. Quand il s'agit de sauver sa vie,
on n'y regarde pas de si près ; nous ferons comme
es navigateurs qui jettent leurs marchandises à la
mer.

On avait déjà démeublé en grande partie le chalet. Ce que nous regrettons le moins, c'est la grande
chaudière à faire le fromage. On nous a laissé quelques-uns des ustensiles nécessaires pour la cuisine,
et, de plus, une hache, mais tout ébréchée, et une
scie, qui ne coupe guère. Nous avions l'un et l'autre
un couteau de poche. Quoiqu'il manque beaucoup
de pièces à notre mobilier, nous saurons aller comme
cela. Nous avons plus de regret aux provisions ; les
nôtres sont chétives. Quel dommage de n'avoir
trouvé que trois pains, de ceux que l'on garde toute
une année à la montagne, et que l'on finit par briser
à coups de hache !

Ils étaient dans une vieille armoire de chêne à
moulures, que mon père a fait monter ici il y a
quelques années, parce qu'elle prenait trop de place
là-bas ; nous y avons aussi trouvé du sel, un peu de

café en poudre, un peu d'huile et une petite provision de saindoux.

— Voici qui vient à propos, ai-je dit en la découvrant.

— Fort bien, a dit mon grand-père, mais nous n'y toucherons pas pour notre cuisine; c'est mon avis. Ceci suppléera, pour la lampe, à l'huile dont nous avons trop peu. N'aimes-tu pas mieux y voir plus clair et te réduire à la plus maigre nourriture?

— Oui, sans doute! ai-je répondu. Comment supporter, sans cela, des veillées qui commencent dès le matin?

Nous n'avons qu'un lit, mais nous y dormons à l'aise; il est, suivant l'usage de nos montagnes, assez grand pour cinq ou six personnes. Il est placé dans un coin de la seule pièce d'habitation, qui est en même temps la cuisine et le laboratoire où l'on fait le fromage. Une seule couverture nous a été laissée; si elle ne suffit pas, nous avons de la paille et du foin. Point de draps, point de matelas, mais une grossière paillasse. Je voudrais bien une couche plus commode pour grand-papa : un bon lit fait oublier à un vieillard beaucoup de privations. Pour moi, qui dormirais sur la terre nue, et qui ai souvent passé la nuit dans le fenil, je n'ai rien à regretter ici.

— Je voudrais seulement, ai-je dit, avoir pendant trois ou quatre mois l'instinct des marmottes, et m'endormir jusqu'au retour de la belle saison.

Là-dessus mon grand-père m'a fait reconnaître mon ingratitude et ma folie. Il m'a dit :

— Laissons à la brute ce long sommeil : notre part est plus belle. Dieu nous condamne à la souffrance, il est vrai; mais il daigne se révéler à nous.

Récompense magnifique ! Accepte-la, mon fils, avec reconnaissance, et accomplis les devoirs qu'elle t'impose. *Veillez*, nous est-il dit, *car vous ne savez pas à quelle heure le Seigneur viendra.*

Le 26 Novembre.

J'aurais encore à mettre dans notre inventaire plusieurs objets qui pourront nous être utiles, mais je n'en parlerai pas, tant il me tarde de rapporter ici la découverte que j'ai faite, et qui a été pour les deux captifs le sujet d'une vive joie.

En examinant l'état de notre mobilier et de nos provisions, j'avais cherché dans les plus petits recoins si je ne trouverais pas quelques livres. Je savais que mon père ne montait jamais au chalet sans y porter plusieurs ouvrages de piété, afin de faire avec ses valets quelques lectures, à la place de l'office divin, dont ils étaient privés par l'éloignement ; mais apparemment il avait déjà renvoyé au village sa petite bibliothèque.

Nous regrettions bien vivement, dans notre prison solitaire, de n'avoir pas ce moyen de nous soutenir et de nous consoler pendant nos longues veilles. Aujourd'hui, ayant aperçu, derrière l'armoire de chêne, une planche qu'on y avait logée, j'ai voulu la retirer, jugeant qu'elle pourrait nous être bonne à quelque chose, et j'ai fait tomber en même temps un livre tout poudreux, égaré sans doute depuis des années. C'était l'*Imitation de Jésus-Christ*. En reconnaissant cet ouvrage, mon grand-père s'est écrié :

— C'est le meilleur des amis, qui nous visite dans notre solitude ! Mon enfant, l'*Imitation* est un livre fait pour les malheureux, ou plutôt c'est un livre qui nous prouve, de la manière la plus touchante, qu'il n'y a qu'un malheur, c'est d'oublier Dieu, et un seul bonheur véritable, de l'aimer. Tu le vois, mon cher Louis, si nous sommes à l'écart, nous ne sommes pas abandonnés ; nous avons déjà trouvé ce qui soutient la vie du corps ; nous possédons maintenant la nourriture de l'âme : il ne nous manque rien que de savoir en faire un bon usage.

« Mais remarque, mon enfant, par quelle suite d'événements nous sommes amenés, d'abord à ressentir le plus pressant besoin de l'assistance divine, ensuite à trouver ce secours, devenu si nécessaire ! Ton père se fait attendre quelques jours ; nous nous inquiétons, et nous voulons connaître les causes de son retard. Si nous l'avions attendu un jour de plus, nous l'aurions vu reparaître : nous partons. Tu sais quel accident m'arrive sur la route, qui me rend le retour impossible le lendemain : la neige s'accumule, et nous voilà prisonniers. C'était le point où le Seigneur voulait nous amener pour nous approcher de lui. Après avoir cherché vainement ce qui nous manquait si fort, un livre capable de nous avancer dans la piété, tu trouves par hasard ce que nous n'espérions plus de découvrir ! Voilà un exemple, entre mille, de ce qu'on appelle avec raison les voies de la Providence. En effet, elle a disposé les affaires du monde de sorte que l'une naisse de l'autre, et que nous soyons visités tantôt par la joie, tantôt par la douleur, et toujours exercés par l'épreuve ; car, dans ces agitations de la vie, dans cette succession d'événements heureux et malheureux, le caractère se forme ; nous pouvons acquérir les vertus qui font la dignité du chrétien ; nous nous approchons par degrés de notre modèle ; nous imitons Jésus-Christ.

J'ai répondu :

— Je n'ai pas besoin, mon grand-père, de vous dire à quel point je suis touché de ces réflexions : vous le voyez bien. Depuis que nous sommes ici, tout ce que vous me dites sur mes devoirs envers Dieu me frappe d'une manière nouvelle. Jusqu'ici je priais pour suivre votre conseil ; je m'y soumettais pour vous plaire : aujourd'hui je trouve en moi un sentiment nouveau ; j'aime véritablement le Seigneur : mon cœur éprouve, à la pensée de Dieu, un attendrissement pareil à celui que réveille chez moi votre souvenir ou celui de mon père. Seulement, comme c'est une chose à laquelle je ne suis pas accoutumé, et sans doute aussi parce que l'idée de Dieu est grande et redoutable, mon amour pour lui est mêlé d'une crainte profonde, qui me trouble, mais que je suis heureux de ressentir. C'est à vous, mon grand-père, que je dois ces dispositions favorables, et je n'ose plus regretter l'accident qui nous arrête ici.

Après avoir tenu ces discours et beaucoup d'autres pareils, nous nous sommes embrassés, et nous avons gardé longtemps le silence. Je n'avais jamais senti une joie si douce et si forte. Ainsi Dieu sait changer le mal en bien ; on est heureux d'être affligé ; on bénit l'épreuve et Celui qui l'envoie.

Seigneur, vous m'avez approché de vous par la souffrance ; ne permettez pas que je vous oublie, si la souffrance vient à cesser ! Comme vous m'enseignez aujourd'hui la résignation, inspirez-moi plus tard la reconnaissance !

Le 27 Novembre.

Toujours la neige ; il est rare, dans cette saison, d'en voir tomber une si grande quantité, même sur les montagnes. Malgré cela, je ne cessais pas d'être

étonné que mon père ne fût pas venu à notre secours, et je continuais d'en exprimer ma surprise.
Jusqu'ici mon grand-père n'avait pu se résoudre à
me laisser voir son inquiétude ; notre conversation
d'aujourd'hui m'a fait connaître qu'il n'est pas moins
alarmé que moi.

— En effet, lui disais-je, cette neige n'est pas
survenue tout d'un coup ; le premier, le second et
même le troisième jour de notre captivité, on aurait
pu, à ce qu'il me semble, ouvrir un chemin jusqu'à
nous.

— Je suis bien sûr, a dit mon grand-père, que
François aura fait tout ce qu'il a pu ; mais peut-être
n'a-t-il pas réussi à faire partager ses craintes à nos
amis et à nos voisins, et il ne pouvait pas nous délivrer tout seul.

— Vous croyez que, pouvant nous tirer d'ici, on
nous y aurait laissés, au risque de nous trouver
morts au printemps? Est-ce que nos voisins auraient
moins d'humanité que ces gens dont on parle quelquefois dans le journal, et qui entreprennent les
plus rudes travaux, même au péril de leur vie, pour
sauver des malheureux enfouis dans une mine, dans
un puits ou sous les décombres d'un souterrain?

— Je conviens que notre position est triste, mon
cher Louis ; mais enfin on sait que nous avons un
abri et quelques provisions.

— Mais on sait aussi que cela peut nous manquer ; que vous êtes âgé et infirme, et que je n'ai
pas encore les forces d'un homme : on doit avoir
pitié de nous.

— On aura fait quelques tentatives, et l'on aura
trouvé l'exécution trop difficile.

— Cependant, lorsqu'il faut ouvrir la grande
route, encombrée par la neige, et faire dans toute

sa longueur un large chemin aux voitures, on en
vient à bout, et cela se voit presque tous les hivers.

— Mais c'est le gouvernement qui ordonne ces
travaux pour le service public, et cela coûte beaucoup d'argent.

— Quoi donc? Ce qu'on fait pour la commodité
des voyageurs, on ne le ferait pas pour sauver deux
malheureux en danger de la vie? Je trouverais cela
bien cruel.

— Le gouvernement ignore sans doute que nous
sommes ici.

— Mon père n'aura pas manqué de faire du bruit,
et d'appeler tout le monde à notre secours.

Voilà ce que nous disions l'un et l'autre, et,
grand-papa ayant fait silence, j'ai ajouté, en lui
prenant les mains :

— Ne me cachez rien, je vous en prie. N'est-il
pas vrai que vous êtes inquiet comme moi? Parlez-
moi franchement. Depuis que je sais me résigner à
la volonté de Dieu, je ne suis plus indigne de votre
confiance : faites-moi part de vos suppositions, et
ne me laissez pas plus longtemps livré aux miennes.
J'aime mieux entrevoir plus clairement mon malheur, et savoir là-dessus tout ce que vous pensez.

— Eh bien ! mon pauvre Louis, je te l'avoue, je
crains qu'un accident n'ait surpris ton père. Il faut
bien te le dire ; d'ailleurs, tu m'as pénétré. Je n'en
reste pas moins dans le plus grand embarras; car, à
son défaut, d'autres personnes ont dû penser à nous.

Alors je me suis mis à pleurer et à sangloter.
Grand-papa m'a laissé quelque temps livré à ma
douleur. Nous étions devant le feu qui s'éteignait.
Nous sommes ainsi restés assez tard dans les ténèbres ; mon grand-père tenait une de mes mains dans
les siennes, et la pressait de temps en temps.

— Je t'ai dit mes craintes, a-t-il enfin ajouté.
Ne veux-tu pas que je te dise aussi mes espérances?
Nous ne saurions tout imaginer. Le pouvoir de
l'Éternel surpasse toute intelligence. Ne te laisse
pas abattre, et conserve-toi pour ton père ou pour
ton aïeul.

Le 28 Novembre.

Nous avons calculé, aussi exactement que possible, combien notre lampe brûle d'huile ou de graisse
en un jour, et nous avons reconnu que, si nous la
laissions allumée douze heures par jour, nos provisions seraient épuisées en un mois. Nous avons donc
résolu de nous réduire à trois heures d'éclairage. La
lueur du foyer nous en tiendra lieu quelquefois;
mais il faudra nous donner ce plaisir avec ménagement, et c'est dommage, car le bois de sapin produit un feu brillant dont j'aime le pétillement et l'é-
clat. Pendant que la lampe ne brûle pas, nous cau-
sons. Mon grand-père a toujours quelque chose d'intéressant à me dire, et je sortirai d'ici, pour peu
que notre captivité se prolonge, bien plus instruit
que je n'étais. Il y a plusieurs années qu'il ne peut
guère travailler; il a passé ce temps à lire de bons
livres, qu'un riche voisin lui prêtait : aujourd'hui
je profite de ses lectures. Il me fait aussi quelques
leçons. Une de celles qui abrégent le mieux la journée sont les exercices de calcul de tête. Il me propose de petits problèmes, et c'est à qui les aura résolus le premier. Quand l'un de nous est prêt à donner la solution, il avertit l'autre, et nous nous ser-
vons de contrôle. De cette façon, une heure ou deux
sont bientôt passées. L'émulation s'en mêle. D'a-
bord mon grand-père avait l'avantage sur moi, au
point que, pour ne pas me décourager, il me laissait

2

croire qu'il cherchait encore la solution, quand il
l'avait déjà trouvée. Au bout de quelques expérien-
ces, mon attention s'est fortifiée, et il assure que ce
n'est rien auprès de ce que je peux encore gagner.

Le 29 Novembre.

Mon journal m'amène à une date que je ne peux
oublier : c'est le 29 novembre que j'ai perdu ma
mère; il y a de cela quatre ans. L'année dernière,
ce jour était un dimanche. Après être sorti de l'é-
glise, j'ai été avec mon père faire le tour du cimetière, et nous nous sommes arrêtés quelques moments devant la tombe où repose la dépouille de
notre meilleure amie. L'herbe n'était pas encore flé-
trie par le froid; quelques marguerites avaient re-
fleuri comme il arrive souvent. Il me semble que je
les vois encore s'agiter au souffle du vent, comme
pour nous saluer et nous remercier de notre visite.
Nous sommes restés ainsi longtemps sans rien dire,
des lèvres du moins, car nos mains, qui se pressaient, en disaient plus que toutes les paroles n'auraient pu faire.

Je n'ai pas assez vécu avec ma mère pour avoir
pu connaître toutes ses vertus; mais les souvenirs
qu'elle a laissés dans notre maison m'apprennent
toujours mieux la grandeur de la perte que j'ai faite.
Depuis que ma mère est morte, je ne crois pas que
mon père ait passé un jour sans me parler d'elle.
Quelquefois il me regarde, et démêle sa ressem-
blance sur mon visage, ou, si je lui parle, au lieu
de me répondre : « Il me semble, dit-il, que c'est
elle que j'entends. »

Maintenant mon grand-père, qui me voit séparé
de tous les deux, a la bonté de les rappeler sans
cesse dans nos entretiens. Il me conte ce qui s'est

passé chez nous avant ma naissance et depuis, avant que j'aie pu me connaître moi-même et connaître mes parents. Ah ! quand il est sur ce sujet, je n'ai pas besoin d'autres distractions ; nous pouvons éteindre la lampe et attendre sans impatience l'heure du repos. Tout ce qu'il me dit, à quoi il n'aurait pas songé peut-être sans notre accident, se grave pour toujours dans ma mémoire.

Ainsi donc j'ai fait longtemps la joie de mes parents sans le savoir et sans y penser ! Je leur ai fait des caresses dont je ne me souviens plus ; je leur ai dit, sans me rappeler ni l'occasion ni le moment des paroles enfantines, auxquelles ils prenaient plaisir ! C'était là tout le prix de leurs soins et de leurs veilles. A ce sujet mon grand-père me disait :

— Comment ne pas admirer la sagesse et la bonté de la Providence? Elle rend l'enfant aimable avant même qu'il sache aimer, en sorte que l'on craint plus vivement tous les dangers pour un être qui ne craint rien, et que l'on s'intéresse d'autant plus à lui qu'il ne peut prendre aucun souci de lui-même.

Pour moi, quand je cherche à rappeler mes plus anciens souvenirs, je vois grand-papa au coin du feu, ma mère au jardin, mon père entrant dans la maison, un fagot sur l'épaule. Peu à peu ces images sont plus nombreuses et plus nettes, et je ne peux m'empêcher de comparer ces premiers temps de ma vie à la naissance du jour : d'abord on ne distingue pas même les plus grands objets ; peu à peu tout se dessine, tout s'éclaire, et nos regards saisissent les moindres détails.

Le 30 Novembre.

Nous avons trouvé le moyen d'occuper nos mains pendant une partie du jour, sans qu'il soit néces-

saire de brûler plus d'huile que la prudence ne
le permet; la lueur du foyer nous suffit. Comme
nous avons des gerbes de reste, nous tressons, ou
plutôt je tresse de la paille en longues cordes qui
peuvent servir à différents usages. J'ai vu mon
père entourer de ces liens nos carrés de pois,
pour les soutenir; on peut même les tendre
autour des blés, et surtout du seigle, qui est si sujet à verser. Enfin, nous en garnirons des chaises,
quand nous aurons le bois nécessaire pour les fabriquer.

Je m'assieds tout auprès du feu, et je m'arrange
de manière à travailler dans l'espace peu étendu
qu'il éclaire; mon grand-père suit mon travail des
yeux, et me passe lui-même la paille, à mesure que
j'en ai besoin. Il veille surtout à ce qu'elle ne nous
cause pas une nouvelle alerte, et la tient à quelque
distance du foyer.

Cette occupation nous amuse; il nous semble
qu'en travaillant pour la belle saison nous la rap-
prochons de nous; d'ailleurs, cela ne nous empêche
pas de causer; mon grand-père me fait conter ce
qui se passait à l'école, où j'avais le malheur de
trouver quelquefois le temps un peu long. J'aime
surtout à lui rappeler les visites de ce riche et bon
voisin, qui nous distribuait de temps en temps des
livres en prix. Il nous donnait aussi des vers à apprendre par cœur. Ces jours-là les heures passaient
bien plus vite, surtout quand il nous lisait ces poésies, qu'il nous expliquait à merveille.

Mon grand-père m'a dit :

— Tu ne les as pas oubliées, j'espère, puisqu'elles te plaisaient tant? Et il a voulu que je lui
en donnasse la preuve à l'instant même.

— As-tu écrit ces vers? m'a-t-il dit.

— Je les avais écrits, mais je les ai prêtés, et le cahier a été perdu.

— Eh bien, mon enfant, tâche de réparer cette perte vraiment regrettable. Je veux que tu me récites quelquefois ces poésies, qui me paraissent faites pour l'enfance ; puis, un jour l'une, un jour l'autre, tu les écriras dans ton journal.

Je vais donc transcrire la première qui s'est présentée à ma mémoire.

Caroline et les petits Oiseaux.

De sa maisonnette bien close,
Caroline aux champs regardait.
La bise avec fureur grondait ;
Plus de feuillage, plus de rose :
Partout la neige et les glaçons.
Transis de froid, quelques pinçons
Des arbrisseaux du voisinage
Becquetaient l'écorce sauvage,
Mais n'essayaient plus de chansons.
« Pauvres petits ! la faim peut-être
Plus que le froid vous fait souffrir ;
Le même Père nous fit naître :
De ses biens je dois vous nourrir. »
Du pain bis déjà les miettes
Pleuvaient pour les tristes oiseaux ;
Déjà, chère enfant, tu les guettes
A travers les brillants vitraux.
Un, deux, trois !... la volée entière
Accourt à ce friand repas ;
Elle est toujours plus familière ;
Tu parais : on ne s'enfuit pas.
Sans craindre fâcheuse aventure,
On revient chaque jour ; enfin
Ce peuple chéri dans ta main
Becquète à l'envi la pâture.
Que les moments te semblent courts ;
Ah ! si l'hiver durait toujours !
Mais la primevère indiscrète
Sourit au soleil printanier ;
Voici déjà la violette,
A l'abri du vert groseillier ;

Sous peine aux champs l'oiseau butine;
Plus de frimas : plus de pinçons !
Oiseaux, adieu ! Dans vos chansons
N'oubliez jamais Caroline.

Le 1er Décembre.

Je sens une véritable frayeur en écrivant la date
d'aujourd'hui. Si quelques jours du mois de novembre nous ont semblé si longs, que sera-ce du mois
où nous entrons? Encore, s'il devait être le dernier
de notre captivité ! Mais je n'ose plus en prévoir le
terme. La neige s'est tellement accumulée, qu'il
me semble qu'un été ne suffira pas à la fondre. Elle
s'élève maintenant jusqu'au toit, et, si je n'y mon-
tais pas chaque jour, pour dégager la cheminée,
nous ne pourrions bientôt plus ouvrir la trappe, ni
allumer de feu.

Mon grand-père me fait pitié de ne pouvoir pas
sortir quelquefois de ce tombeau. Je lui demandais
ce matin quelle chose il regrettait le plus, et il m'a
répondu :

— Un rayon de soleil. Et pourtant, a-t-il ajouté,
notre sort est bien moins malheureux que celui de
beaucoup de prisonniers, dont plusieurs n'ont pas
plus que nous mérité la réclusion. Nous avons du
feu, souvent de la lumière; nous jouissons dans notre prison d'une certaine liberté, et nous y trouvons
des sujets de distraction, que n'offrent pas les quatre murs d'un cachot; nous n'avons pas chaque
jour la visite d'un geôlier ou défiant ou cruel ou
seulement indifférent à nos peines; les maux que
l'on souffre par la seule volonté de Dieu n'ont jamais l'amertume de ceux que nous croyons pouvoir
attribuer à l'injustice des hommes; enfin nous ne
sommes pas seuls, mon enfant, et, si ta présence
dans ce chalet me donne des regrets, que je ne veux

pas te cacher, elle me soutient, elle m'est nécessaire : il me paraît que tu n'es pas non plus mal satisfait de ton compagnon ; il n'y a pas jusqu'à Blanchette qui ne soit un adoucissement à notre captivité, et ce n'est pas, je t'assure, seulement pour son
lait que je l'aime.

Ces derniers mots m'ont fait réfléchir, et j'ai proposé de rapprocher de nous cette pauvre bête.

— Elle s'ennuie fort toute seule, ai-je dit, elle
bêle souvent ; cela lui peut nuire, et à nous aussi
par conséquent. Qui nous empêche de l'établir ici
dans un coin ? La place est assez grande pour nous
et pour elle ; elle nous sera bien obligée de l'honneur que nous lui ferons, et peut-être en sera-t-elle
meilleure nourrice.

La proposition a été bien accueillie, et sur-le-
champ je me suis mis à l'ouvrage ; j'ai disposé dans
l'angle de la cuisine, où il m'a paru que cela nous
gênerait le moins, une petite crèche, que j'ai fixée
au mur avec quelques gros clous ; j'ai augmenté la
solidité de l'établissement en plantant deux pieux,
pour servir d'appui, et, sans attendre davantage,
j'ai amené Blanchette auprès de nous.

Qu'elle nous sait bon gré de ce changement ! Elle
est toute joyeuse, et ne cesse de nous remercier. Si
cela devait durer, elle serait un peu fatigante ; mais,
quand elle aura pris l'habitude de sa nouvelle position, elle sera plus tranquille qu'auparavant. A cette
heure même, pendant que je confie ces détails au
papier, elle est couchée sur la litière fraîche ; elle
rumine paisiblement, et me regarde d'un air si satisfait, qu'elle semble deviner que j'écris son histoire. Rien ne lui manque à présent, et il y a une
personne heureuse dans le chalet.

Nous nous sommes oubliés après souper à faire des projets pour le moment de notre sortie, et il est si tard, que je dois abréger mon journal. Il serait toujours bien rempli et bien intéressant, si je savais répéter tout ce que le grand-papa me raconte ; mais il veut que je fasse plutôt l'histoire de notre vie que le récit de nos conversations. Aujourd'hui je me contenterai d'écrire une fable, dont il a trouvé l'idée heureuse, et qui lui a paru donner une leçon dont bien des gens devraient profiter. En effet, il est bien commun, disait-il, de voir les hommes accuser autrui des maux qu'ils se font eux-mêmes.

Le Laboureur.

Perrin, courbé sur le sillon,
Grondait ses bœufs et faisait rage,
Et, les pressant de l'aiguillon,
Disait : Ouvriers sans courage !...

Le jour s'en va : voici le tard,
Et de leur tâche ils ont en somme
A grand'peine achevé le quart !
Il faut demain qu'on les assomme.

Dieu soit loué ! dit le plus vieux ;
Aussi bien ce travail nous tue.
Une mort prompte nous plaît mieux
Que votre éternelle charrue.

La méchante au pauvre animal
Attire et menace et piqûre :
Parlez-lui ; je ferais gageure
Que c'est elle ici qui va mal.

Eh ! bien, dit l'homme, allez, charrue,
Allez donc ! n'entendez-vous pas ?
Devant, derrière, on s'évertue,
Et vous ne pouvez faire un pas !

On se plaint de moi ! quelle injure !
Répondit-elle en gémissant,

Je vais de mon mieux, je vous jure;
Voyez ce fer obéissant!

Il est poli comme une glace,
Et brûlait moins sous le marteau,
Mais comment emporter morceau
D'un sol si dur et si tenace?

Ainsi, champ fatal, c'est donc toi
Que devrait punir ma colère!
Dit le rustre en frappant la terre,
Songe un peu que je suis ton roi!

Pourquoi ces barbares caprices?
Toujours trempé de mes sueurs,
Tu veux l'être encor de mes pleurs,
Et mon sang ferait tes délices!

A ces mots, du sein des guérets
Une voix s'élève et lui crie:
Mets donc un terme à ta furie,
Ou je retire mes bienfaits.

Insensé, tes bœufs, ta charrue,
Ton champ, font très-bien leur devoir;
Les défauts qu'en eux tu crois voir,
C'est chez toi qu'ils frappent ma vue.

Tu veux gronder? Apprends d'abord,
Apprends des experts du village
A bien guider ton attelage,
Et tais-toi, car toi seul as tort.

Le 3 Décembre.

Aujourd'hui j'ai été attiré sur le toit par l'éclat du soleil. Un temps sec et froid a succédé aux longues neiges. Comme ce tapis blanc m'éblouissait les yeux, et que la forêt m'a paru belle! J'osais à peine dire à grand-papa tout le plaisir que j'avais eu; mais, à force d'y songer, j'ai trouvé une chose qui ma paru d'abord la plus simple du monde, et je me reproche de ne m'en être pas avisé plus tôt. Il s'agit de déblayer la neige devant la porte et de faire un chemin à pente douce, en rejetant la neige des deux côtés. J'ai déjà mis la main à l'œuvre: mon grand-père pourra bientôt voir la chose qu'il regrette le plus, un rayon de soleil ! J'ai travaillé tout le jour ; il y a plus d'ouvrage que je ne croyais ; mais j'aurais avancé bien davantage si on me l'avait permis. Voilà mes habits qui sèchent devant le feu, et je me suis enveloppé de la couverture pour noter dans mon journal l'heureuse entreprise d'aujourd'hui.

Le 4 Décembre.

L'ouvrage avance ; je l'ai continué tout le temps que grand-papa m'a laissé faire. Il avait eu avant moi l'idée de ce travail, et je l'ai grondé de m'en avoir fait un secret. Il craignait pour moi la fatigue et l'humidité, et ne voulait pas employer à son usage les forces de son petit-fils.

Le 5 Décembre.

Nous pouvons sortir de chez nous : le chemin est fait ; il est battu ; j'ai eu le plaisir de le faire parcourir à mon grand-père, en le soutenant d'un côté, pendant qu'il s'appuyait de l'autre sur une barrière que j'ai fixée par un bout à la maison, et par l'autre à un pieu enfoncé dans la neige.

Nous sommes restés quelques moments au bout de notre avenue, qui n'est pas longue ; mais le jour était sombre, et nous nous sommes trouvés fort tristes en voyant cette forêt noire, ce ciel nuageux et cette neige, qui nous environne d'un silence de mort. Un seul être vivant s'est montré à nos regards : c'était un oiseau de proie, qui a passé loin de nous, en poussant un cri rauque. Il gagnait la vallée, et volait dans la direction de notre village.

— Chez les païens, a dit mon grand-père avec un triste sourire, on aurait expliqué ce que signifiait cet oiseau, son vol et son cri ; les hommes superstitieux auraient vu dans sa rencontre des sujets de crainte ou d'espérance. Suivrons-nous bientôt la route que cet oiseau paraît nous tracer? Dieu le sait; mais il est trop bon et trop sage pour nous révéler notre sort, et, s'il voulait le faire, il ne se servirait pas de la brute pour prophétiser. Viens, mon cher Louis, allons attendre l'effet de sa volonté. Je te remercie de la peine que tu as prise pour moi. Un autre jour j'en profiterai mieux.

Nous sommes rentrés, et, contre mon attente, nous avons été plus sérieux qu'à l'ordinaire; malgré nos efforts, la conversation languissait. Ainsi l'effet ne répond pas toujours à notre espérance. Le temps sombre ne suffit pas pour expliquer notre chagrin; il vient, je crois, d'avoir pu sortir de chez nous, de nous être figuré que nous étions libres, et de nous être sentis prisonniers comme auparavant.

Le 6 Décembre.

Une idée mène à l'autre. Cette fois mon grand-père a bien voulu parler le premier; il savait que je profiterais autant que lui de sa proposition. Il m'a engagé à enlever la neige devant la fenêtre. Il faudra plus de temps, parce que l'amas en est plus considérable dans cet endroit; d'ailleurs, pour atteindre notre but et nous donner du jour, il faut que la pente soit moins rapide de part et d'autre. J'ai commencé la besogne, et je n'ai pas souffert que mon grand-père s'en mêlât. Il n'a pas insisté, sachant combien sa santé m'est précieuse.

— Je ne veux pas, a-t-il dit, t'exposer au moindre embarras, pour me donner quelque distraction.

Le 7 Décembre.

Nous sommes moins avancés qu'hier; la neige re-

commence ; et le vent est si froid, que je n'ai pas eu
la permission de travailler dehors. J'ai seulement
enlevé, ce soir, la neige nouvellement tombée devant la porte. Il faudra maintenir mon ouvrage ;
tout établissement a besoin d'entretien ; mais je ne
manquerai pas de persévérance.

C'est par là que je suis arrivé à pouvoir traire la
chèvre avec assez de succès pour que grand-papa
ne craigne plus de m'en laisser le soin ; et pourtant
notre vie repose sur celle de Blanchette, qui, fort
heureusement, se porte à merveille. Depuis qu'elle
ne s'ennuie plus, elle donne plus de lait.

Le 8 Décembre.

Le temps était plus doux aujourd'hui, et j'ai repris mon ouvrage ; mais il m'est arrivé un accident,
dont je n'ai fait d'abord que rire, et qui pouvait
avoir cependant des suites fâcheuses. J'avais déjà
enlevé beaucoup de neige, et je croyais approcher
de la fin de mon travail, lorsque le monceau que
j'avais rejeté au dessus de ma tête s'est éboulé sur
moi, et m'a couvert tout entier. Mon grand-père,
qui venait de rentrer dans le chalet, ne pouvait se
douter de rien, parce qu'il m'avait donné les directions nécessaires pour me préserver de cet accident ;
je les avais négligées, et je ne l'ai pas appelé d'a-
bord, de peur de l'effrayer ; j'espérais me tirer d'affaire moi-même. Je suis, en effet, parvenu à dégager ma tête, mais c'est tout ce que j'ai pu faire sans
secours. Après m'être longtemps agité inutilement,
parce que la neige n'offrait pas à mes pieds une
base dure et solide, j'ai été forcé d'appeler mon
grand-père à mon aide.

Il est venu tout alarmé, et s'est traîné pénible-
ment jusqu'à la place où j'étais presque enseveli.

Quand un de mes bras s'est trouvé libre par son secours, j'ai été bientôt dégagé, mais j'aurai de la peine à obtenir qu'il me laisse continuer ce travail, dont mon étourderie aura seule empêché le succès.

Le 9 Décembre.

Seigneur, ayez pitié de nous! Nous venons de passer la plus terrible journée de notre captivité. Je ne savais pas encore ce que c'est qu'un ouragan dans les montagnes. A présent même, puis-je dire ce qui s'est passé au dehors? Nous avons entendu des mugissements effroyables; quand nous avons essayé d'entr'ouvrir la porte, nous avons vu des tourbillons de neige si rapides, et le vent s'est engouffré avec tant de fureur dans le chalet, que nous avons eu la plus grande peine à pousser le verrou. Nous avons aussi dû baisser la trappe, et d'ailleurs il n'était pas possible de faire du feu, parce que toute la fumée était rejetée au dedans.

Nous sommes restés ainsi longtemps dans les ténèbres, après avoir trait Blanchette, et déjeuné de son lait sans le faire bouillir; seulement, avant d'éteindre la lampe, nous avons lu quelques pages de l'*Imitation;* ensuite mon grand-père a soutenu mon courage par sa sérénité; ses paroles graves et pieuses se mêlaient, dans l'obscurité, au bruit de la tourmente. Au moment où l'on eût dit que la malédiction de Dieu pesait sur nous, il me parlait de sa miséricorde.

— Cette même puissance, me disait-il, qui se montre aujourd'hui si terrible, apparaîtra bientôt ine de douceur et d'amour; elle nous semble menacer à présent la nature d'une entière destruction, et nous croyons retomber dans le chaos, où se trouvait la matière avant les six jours de Moïse: aveu-

gles que nous sommes ! ces tempêtes ne sont que les
préparatifs d'une création nouvelle. Tu reverras,
mon enfant, nos plaines reverdies, nos moissons
dorées; tes regards se promèneront encore sur les
vergers fleuris et dans l'espace du ciel, tout brillant
de lumière. Ce changement merveilleux te fera-t-il
reconnaître la toute-puissance de l'Éternel? Sauras-
tu l'aimer en ce temps-là, comme tu le crains aujourd'hui? Après avoir vu par quels efforts épou-
vantables la nature amasse sur les montagnes le
trésor des eaux fécondes, qu'elle laisse écouler ensuite dans nos vallées; après avoir compris en ce
point les vues de la Providence, sauras-tu soumettre ta faible intelligence à son infinie sagesse? Com-
prendras-tu qu'il est aussi prudent que respectueux
et doux de se reposer sur elle? Si tel est le fruit de
nos souffrances, l'affreuse journée que nous passons
doit être comptée parmi les plus heureuses de ta
vie.

C'est par de telles exhortations que mon grand-
père occupait ma pensée et soutenait mon courage.
Nous étions assis sur notre lit, et nous avions étalé
sur nous une gerbe de paille. Mon grand-père, s'é-
tant aperçu que j'étais saisi d'un accès de pleurs, a
passé un de ses bras autour de mon cou, et joignant
les mains sur ma poitrine, il m'a tenu longtemps
embrassé sans rien dire. Enfin il s'est aperçu que
j'étais plus calme : et que je n'avais pas attendu pour
me remettre que la tempête fût apaisée : au contraire, elle était encore dans toute sa force.

— Eh bien, m'a-t-il dit, me laisseras-tu parler
seul? N'as-tu rien à me répondre? ou n'as-tu pas
assez de présence d'esprit pour exprimer ce que tu
sens?

— Ne me croyez pas si peu raisonnable, ai-je répondu. Mon émotion et mes pleurs ne sont pas d'un cœur faible et lâche, et si peu digne du vôtre.

— S'il en est ainsi, mon enfant, a-t-il ajouté, en frappant sur la paille dont nous étions couverts, tu pourras me réciter un de vos chants d'école. Les moissons n'y sont pas oubliées sans doute, et ce chaume qui nous préserve du froid, après que son grain nous a nourris, me rappelle nos belles moissons de cette année.

— Vous me rappelez à moi-même, ai-je dit, celle de nos chansons que j'aimais le mieux ; la voici :

Le Chant des Moissonneurs.

Debout, debout pour les moissons,
Jeunes filles, jeunes garçons !
De l'alouette au gai ramage
Entendez-vous le chant d'amour ?
Nous troublerons son doux ménage
Pour ses petits quel mauvais jour !

L'aube sourit dans le lointain :
Quel beau pays ! quel beau matin
Le batelier fuit le rivage,
Et le berger sort du bercail ;
Le vieux clocher pour le village
A sonné l'heure du travail.

Ah ! ce travail, c'est le bonheur ;
C'était l'espoir du moissonneur.
Sous le marteau la faux résonne ;
La troupe aux champs a pris l'essor,
Et sous ses mains, riche couronne !
Je vois tomber les épis d'or.

Pour assembler leurs flots épars,
Venez, venez, femmes, vieillards !
A nous, amis, des gerbes mûres,
A nous de serrer les liens :
Ouvrez vos flancs, larges voitures ;
Suffirez-vous à tant de biens ?

C'est le ciel qui les a donnés,
Enfants, de bluets couronnés,

Assis sur la paille dorée,
Chantez-lui vos douces chansons;
Au village faites entrée :
Louange au Père des moissons !

Au milieu de ma récitation, est survenu un coup
de vent plus fort que tous les autres, et nous avons
entendu la porte craquer si fort que nous avons tres-
sailli tous deux, cependant j'ai achevé mes couplets,
et mon grand-père, après m'avoir rassuré par quelques paroles, a gardé un moment le silence, puis il
m'a dit :

— Nous n'avons pas de feu aujourd'hui ; nous
pouvons bien, par compensation, nous éclairer un
peu plus longtemps ; d'ailleurs, il sera bon de voir
ce qui a pu ébranler la porte, et, s'il est arrivé quelque accident, de le réparer aussi bien que possible.

Nous nous sommes donc levés, et, après avoir allumé la lampe, nous avons reconnu, en esseyant
d'entr'ouvrir la porte, qu'une masse de neige était
retombée sur elle, en sorte que nous sommes enfermés comme auparavant. Il y avait peut-être de quoi
m'affliger beaucoup, mais j'ai su me soumettre sans
murmure à cette nouvelle contrariété.

— Considère, a dit grand-papa, que, si la tourmente nous avait surpris avant que le chalet eût été
enfoui dans la neige, il n'aurait peut-être pas résisté. Acceptons avec une respectueuse résignation
un état de choses auquel nous devons aujourd'hui
d'être échappés au plus grand danger.

La tempête dure encore au moment où j'écris.
Nous avons imaginé de faire bouillir notre lait à la
flamme des pommes de pin. Ce feu produit peu de
fumée, et répand une odeur de résine qui me plaît.
Nous nous sommes un peu réchauffés. Nous venons
de lire quelques pages de notre bon conseiller, et

nous trouverons, s'il plaît à Dieu, un peu de repos sur notre paille.

Le 10 décembre.

Nous avons moins entendu le vent ajourd'hui ; nous ne savons trop quel temps il fait ; nous croyons cependant que la neige continue de tomber abondamment ; du moins la trappe en est chargée, et je n'ai pu l'ouvrir, quelques efforts que j'aie faits pour cela. Nous sommes réduits à ne brûler que des pommes de pin, sous peine de nous enfumer. J'ai imaginé, pour éclaircir un peu nos ténèbres, de fendre quelques bûches de sapin en lattes minces, auxquelles je mets le feu par un bout ; cela brûle de soi-même quelques moments ; mais que je regrette ma fenêtre ! Elle est aussi obstruée qu'auparavant. Décidément, quand le temps le permettra, je ferai une nouvelle tentative, pour nous donner un peu de lumière et de liberté.

Le 11 Décembre.

Le froid est beaucoup plus vif. Quoique nous soyons ensevelis sous la neige, ce qui empêche peut-être que nous entendions l'orage, nous nous sentons glacés jusqu'aux os, en sorte que pour ne pas souffrir de ce côté, nous nous mettons dans un nuage de fumée. Malheureusement, Blanchette paraît le souffrir avec moins de patience que nous, et pourtant il ne peut être question de la remettre à l'étable, où elle aurait froid, et où l'ennui la reprendrait certainement.

Mon grand-père assure que, pour se faire sentir à ce point dans notre maison, qui est si bien close, la gelée doit être des plus fortes. Il suppose que le vent a tourné au nord.

Nous avons eu hier une terrible frayeur ; aujour-
d'hui même je suis à peine assez tranquille pour
écrire ce qui s'est passé. Hélas ! nous ne sommes
pas assurés d'avoir échappé à tout danger.

J'étais occupé à traire la chèvre, pendant que mon
grand-père allumait le feu : tout à coup elle a dressé
les oreilles, comme frappée d'un bruit extraordinaire, puis elle s'est mise à trembler de tous ses
membres.

J'en ai fait l'observation à haute voix, et, lui adressant la parole :

— Qu'as-tu donc, ma pauvre Blanchette ? disais-
je en la caressant ; mais aussitôt nous avons entendu
des hurlements affreux, comme sur nos têtes.

— Des loups ! me suis-je écrié.

— Tais-toi, mon enfant, caresse Blanchette, a dit
grand-papa, et il s'en est approché lui-même, pour
lui donner un peu de sel. Elle continuait de trembler, et les hurlements ne cessaient pas de se faire
entendre.

— Eh bien, Louis, que serions-nous devenus, si
tu avais ouvert un passage jusqu'à la fenêtre ? m'a-
t-il dit à voix basse. Qui sait même si la cheminée
n'eût pas été une entrée praticable pour ces bêtes
affamées ?

— Eh ! sommes-nous en sûreté, même dans l'é-
tat où nous voilà ?

— Je l'espère, mais parlons bas, et ne cesse pas
de caresser Blanchette ; ses bêlements pourraient
nous trahir !

On aurait dit qu'elle s'en doutait, car elle ne faisait pas le moindre bruit. Grand-papa est venu
s'asseoir auprès de moi ; je tenais la chèvre embras-

sée ; il avait la main posée sur mon épaule, et j'avais besoin de considérer sa figure calme et sereine, pour ne pas mourir de frayeur.

Tout ce que j'avais éprouvé jusqu'alors ne se peut comparer à l'angoisse où j'ai été hier, pendant presque toute la journée. Nous l'avons passée auprès de Blanchette, et, à plusieurs reprises, nous avons entendu les hurlements des loups. Il y eut un moment où cela devint si fort, que je crus notre dernière heure arrivée.

— Ils creusent la neige, disais-je en serrant grand-papa dans mes bras ; ils vont nous dévorer.

— Je ne veux pas t'abuser, mon enfant, notre situation est pénible, mais je ne la crois nullement dangereuse. Ces loups peuvent parcourir la montagne, parce que la neige s'est durcie à la surface ; mais ils ne resteront pas longtemps sur les hauteurs. Dans cette saison, ils se rapprochent de la plaine et des villages. Peut-être ont-ils apporté jusqu'ici le corps de quelque animal : c'est en le dévorant qu'ils se querellent, et font ce vacarme dont nous sommes étourdis. Quand ils parviendraient à découvrir que nous sommes ici, ils ne pourraient percer la toiture et les lambris ; ils ne devineraient pas où se trouve la fenêtre ; ils ne sauraient pas lever la trappe : il pourraient tout au plus nous fatiguer de leurs cris. Reconnaissons encore ici, mon cher enfant, la bonté de la Providence : l'orage qu'elle nous a fait essuyer nous a préservés ; il a réparé, en détruisant tes travaux, le tort que notre imprudence nous avait fait ; il nous a refusé la lumière, dont tu voulais nous faire jouir, mais il nous sauvera la vie. Quel bonheur que ces loups ne soient pas survenus pendant que tu travaillais dehors ! Nous serons mieux sur nos gardes à l'avenir.

— Ainsi donc, ai-je dit tristement, notre captivité est toujours plus dure! L'hiver ne fait que commencer; le froid peut devenir encore plus rigoureux; jamais nous ne sortirons d'ici!

Voilà les discours que nous avons tenus hier toute la journée. Jusqu'au soir nous avons entendu ces loups féroces. Enfin nous nous sommes couchés, mais je n'ai guère dormi, quoique les cris eussent complétement cessé.

Aujourd'hui il m'a semblé les entendre plus d'une fois; mon grand-père assure que je me trompe. Il est vrai que Blanchette ne tremble plus; elle mange, elle rumine, elle dort comme à l'ordinaire, et nous croyons, puisqu'elle est tranquille, que nous pouvons l'être aussi.

Le 14 Décembre.

Depuis qu'un nouveau danger nous menace, auquel je n'avais pas pensé jusqu'alors, je me sens triste et abattu. Ce n'est pas seulement l'affreuse idée d'être déchiré par des loups qui me poursuit, c'est la pensée que je ne pourrai plus, comme auparavant, sortir quelques moments de ma prison, et respirer le grand air; c'est aussi l'obligation de renoncer à dégager la porte et la fenêtre, ce qui aurait rendu notre situation plus supportable.

Avant ce nouvel accident, je me faisais une image presque riante de l'avenir. J'allais rendre à grand-papa la vue du soleil; nous jouissions, auprès de la fenêtre, d'un peu de clarté; nous étions distraits quelquefois par les objets du dehors; j'attendais, il me semble, sans trop d'impatience, la fonte des neiges et le moment de suivre les ruisseaux dans la plaine.

A présent quelle différence! Nous ne savons plus

ce qui se passe hors du chalet; il est devenu très-incommode par le séjour de la fumée; il faudrait, pour nous délivrer de cette gêne, nous résoudre à n'être plus en sûreté. Dieu veuille que l'inquiétude croissante et la réclusion continuelle ne nous rendent malades ni l'un ni l'autre!

Mon grand-père voit mon découragement et le condamne; il me rappelle les sentiments que j'ai exprimés pendant ces derniers jours; il me trouve si différent de moi-même, qu'il ne me reconnaît pas. Je suis bien de son avis, et, je l'avoue, si je vais me coucher fort affligé de mon sort, je suis encore plus mécontent de moi.

Le 15 Décembre.

C'est aujourd'hui dimanche. Que font nos amis et nos voisins pendant cette veillée, que nous passons si tristement? Pensent-ils à nous? Oui, sans doute, si mon pauvre père est au milieu d'eux; mais, s'il a succombé, en voulant nous secourir peut-être, déjà les autres nous oublient; nous sommes morts pour le monde. On goûte au village le repos de l'hiver; on consomme gaîment les fruits de l'année; on se visite; on passe la soirée autour d'un feu brillant ou d'un poële bien chaud. Je n'avais jamais senti, jusqu'à présent, combien les autres hommes sont nécessaires à notre bonheur. On partage les travaux, et ils sont moins pénibles; on partage les plaisirs, et ils doublent de prix.

Ah! si le Tout-Puissant me ramène un jour au milieu de mes frères, que je jouirai vivement de leur présence! Quel plaisir d'entendre le bruit et de voir le mouvement de la société villageoise! Quel bonheur de se sentir entouré de voisins qui nous aiment et qui nous protégent! Quelle douceur de se

rendre des services mutuels! Mais nos amis doivent
savoir combien nous souffrons ici : peuvent-ils bien
nous laisser dans cet affreux abandon?

— Ne reste pas ce soir, me dit grand-papa, sur
une idée si pénible ; c'est mal finir le jour consacré
au Seigneur. Si les hommes nous oublient, par-
donnons-leur, afin d'être aussi pardonnés de Celui
que nous oublions trop souvent. Tu regrettes la société de tes semblables : celle de ton Père céleste
devrait suffire pour te donner la joie et la paix :

J'ai répondu :

— Vous m'aiderez, mon vénérable ami, à retrouver les sentiments pieux qui m'animaient avant que
je me visse exposé à une mort plus cruelle. Donnez-
moi, mon Dieu, la vertu de vos saints martyrs, qui
surent affronter en vous bénissant les plus affreux
supplices? S'il faut vous faire ici le sacrifice de ma
vie, quelles qu'en soient la forme et les douleurs,
donnez-moi leur courage pour l'accomplir! Des enfants même ont su vous glorifier au milieu des tourments.

Le 16 Décembre.

Du lait de chèvre, quelques morceaux de pain sec
et dur, des pommes de terre cuites à l'eau, et man-
gées avec un peu de sel, voilà de quoi se compose
notre ordinaire. Encore sommes-nous obligés de
ménager beaucoup nos pommes de terre : la provision en est petite. Quelquefois, pour en varier le
goût, nous les cuisons sous la cendre. C'est ainsi que
je les aime le mieux.

Jusqu'à présent grand-papa n'avait pas voulu toucher à la poudre de café; mais il s'y est enfin décidé,
afin d'essayer de se remettre un peu en appétit. Nos
dernières inquiétudes l'avaient indisposé. Ce petit

régal, qu'il a bien voulu s'accorder à ma prière lui a fait du bien. Il voulait que j'en prisse ma part, mais je m'y suis absolument refusé. Nous réservons cela pour les cas de nécessité, et je n'en ai pas du tout besoin.

Le laitage peut sans doute suffire à l'homme pour sa nourriture; les bergers des Alpes en vivent une grande partie de l'année; et les peuples qui se nourrissent de pain et de viande, et qui boivent du vin, ne sont pas toujours aussi vigoureux : mais dans nos villages on est accoutumé à plus de variété; d'ailleurs les habitudes d'un vieillard sont plus difficiles à changer, et il me fâche beaucoup de voir grand-papa réduit au lait de Blanchette.

Pour lui, il ne veut pas que je le plaigne, et, comme je lui disais ce soir combien je souffrais de ses privations, dont ma désobéissance a été la première cause, il m'a interrompu :

— Tu peux me dire des choses plus agréables, mon enfant. Récite-moi, pour finir la journée, une de ces petites pièces de vers qui se sont fixées dans ta mémoire.

En jetant les yeux sur Blanchette, qui semblait disposée à m'écouter aussi, je me suis rappelé une fable, où il est question de personnes de son espèce. La voici :

Les Chèvres sauvages.

Un chevrier, dans la froide saison,
Ouvrit sa porte à des chèvres sauvages.
On ne trouvait plus d'herbe aux pâturages;
Le mieux était d'accepter sa maison.
Pour les fixer dans ses foyers rustiques,
Durant l'hiver il les traita si bien,
Tant festoya ses hôtes faméliques,
Pleurant la vie aux chèvres domestiques,
Qu'elles séchaient, qu'elles venaient à rien.

Bref, sans daigner jeter les yeux sur elles,
Près de leur crèche il passait à la fin,
Tout occupé de ses chèvres nouvelles ;
Si bien qu'un jour il trouva mort de faim
Son vieux troupeau, ses nourrices fidèles.
Bientôt revint le temps où tout berger
Ouvre sa porte et se met en campagne :
Le nôtre aussi crut pouvoir déloger ;
Mais le troupeau connaissait la montagne
Tout disparut, tout s'enfuit sans retour.
Aux vieux amis préférez ceux d'un jour,
Et vous saurez bientôt ce qu'on y gagne !

Un bêlement de Blanchette, au moment où je fi-
nissais, nous a paru si plaisant à tous deux, que
nous en avons ri de tout notre cœur. C'était notre
premier mouvement de gaîté bien prononcée, depuis notre emprisonnement.

— Ne crains rien, ma belle, lui dit grand-papa en
la caressant. Quand même nous n'aurons plus besoin de toi, tu seras toujours chez nous la chèvre
favorite, et je te promets que tu mourras de vieil-
lesse.

Le 17 Décembre.

— Le temps s'écoule, l'hiver approche, disait aujourd'hui grand-papa.

— Comment, l'hiver approche ? me suis-je écrié.
Eh ! n'est-il pas venu ?

— Pas encore, selon l'almanach. L'hiver commence seulement le 21 décembre ; jusque-là nous
sommes en automne.

— En effet, je me souviens que le maître d'école
expliquait ainsi la division de l'année. Dirait-on que
nous sommes encore dans la saison des fruits ?

— Mon enfant, même dans la vallée, les récoltes
sont faites depuis longtemps, tu le sais, et, sur les
montagnes, l'hiver commence plus tôt.

— Et finit plus tard, ai-je dit tristement.

— Oui, mais il peut se radoucir assez pour que nous soyons délivrés avant le retour du printemps. Qu'un vent chaud du midi vienne à souffler pendant quelques jours, et ces neiges seront fondues plus vite qu'elles ne sont tombées.

— A quoi tient notre vie !

— Cela t'étonne ! Dès la première heure de ta naissance, tu as été dans cette position dépendante. Nous vivons entourés de dangers, que le plus souvent nous ne remarquons pas ; et ce que les circonstances où nous sommes actuellement y peuvent ajouter est peu de chose. Accoutume-toi, mon fils, à cette pensée que, d'un moment à l'autre, un accident imprévu, et souvent le plus léger en apparence, peut mettre fin à ta vie. Ainsi tu conserveras la prudence dans la position qui te semblera la plus sûre, et la fermeté au milieu des périls les plus menaçants.

A cette exhortation de mon grand-père, j'ai répondu, comme cela m'était arrivé plusieurs fois, en ouvrant *l'Imitation de Jésus-Christ*, pour lui citer un endroit en rapport avec ce qu'il m'avait dit.

« Quand vous êtes au matin, ainsi s'exprime le livre, pensez que vous n'irez peut-être pas jusqu'au soir, et, quand vous êtes au soir, ne vous flattez pas de voir le matin. Soyez donc toujours prêts, de telle sorte que la mort ne puisse pas vous prendre au dépourvu. Plusieurs meurent d'une mort subite et imprévue. Car *le Fils de l'homme viendra à l'heure qu'on n'y pense pas.* »

— J'aime à voir, m'a dit grand-papa, combien ce livre te devient familier. Si tu continues, il sera bientôt pour toi un véritable ami ; il répondra souvent à tes pensées ; dans les occasions difficiles il sera ton fidèle conseiller : il appuiera tes propres réflexions de son autorité respectable, et, comme tu le trouveras assez souvent d'accord avec toi, il te donnera le degré de confiance en tes forces que tu dois raisonnablement souhaiter. Voilà, mon enfant, l'usage qu'on peut faire d'un bon livre, et, je te l'assure, bien des gens possèdent de grandes bibliothèques, qui ne savent pas en profiter sagement, parce qu'ils ne cherchent dans la lecture qu'un amusement de l'esprit, et nullement une aide à l'expérience journalière. Ils vivent pour lire, au lieu de lire pour vivre. Tâche de ne pas les imiter.

Le 18 Décembre.

Mon grand-père n'a presque pas mangé de toute la journée ; il a encore essayé de mêler un peu de café avec son lait, et il en a bu quelques gorgées ; il a consenti, sur mes instantes prières, à y tremper un peu de pain ; il a fait des efforts, qu'il n'a pu me cacher, pour paraître, comme d'habitude, tranquille et serein : j'en étais bien touché, mais cela n'a pas fait cesser mon inquiétude. S'il allait tomber malade, quand notre position devient chaque jour plus difficile et plus triste, mon Dieu, que nous aurions besoin de votre secours ! Je l'implore ici de tout mon cœur, en me résignant à tout ce qu'il vous plaira de commander !

Le 19 Décembre.

Pourquoi me plaindre des difficultés qui m'entourent, puisque chacune est un aiguillon pour mon esprit et pour mon courage ? La fumée nous faisait tellement souffrir que nous désirions vivement de rouvrir la trappe, s'il était possible, en déblayant la neige qui la couvre ; d'un autre côté, nous étions retenus par la crainte des loups. Eh bien, j'ai trouvé aujourd'hui moyen d'arranger tout cela ; nous pourrons faire du feu, nous en avons fait, sans être incommodés de la fumée, et sans nous exposer aux attaques de nos redoutables ennemis.

Mon grand-père se plaignait d'engourdissement, et je l'attribuais à la privation de feu ; car il ne fallait guère compter ce que nous en donnaient les pommes de pin, quand nous étions obligés de nous en tenir à ce faible secours ; j'avais remarqué dans un coin de l'étable, où nous tenons notre petite provision de pommes de terre, un tuyau de fer tout rouillé ; je savais qu'il avait servi, l'année précédente, où l'on avait chauffé quelque temps le chalet, au moyen d'un petit poêle, qui n'existe plus maintenant.

— Si nous pouvions, ai-je dit, fixer ce tuyau sur la trappe, en y faisant une ouverture convenable !

— L'idée est heureuse, répondit grand-papa, mais l'exécution présente bien des difficultés. Comment faire cette ouverture ? Comment t'établir là-haut pour ce travail ? Cela n'est pas sans danger, et je ne souffrirai pas que tu t'exposes à un grave accident, pour m'épargner quelque incommodité.

J'ai gardé le silence, et je me suis mis à rêver. Je savais bien qu'il me serait inutile d'insister, aussi longtemps que je n'aurais pas trouvé les moyens de rassurer complétement mon grand-père.

J'ai vu d'abord que ce n'était pas une chose très-difficile de percer le trou. La planche n'est pas fort épaisse, et l'un de nos couteaux est armé d'une assez bonne scie. Quelques jours auparavant, j'avais trouvé au fond du tiroir de la table une vrille, bien émoussée, il est vrai, mais avec laquelle on parviendrait cependant à percer une planche de sapin. Un premier trou pratiqué, je pouvais faire agir la scie, en l'introduisant par cette ouverture, et enlever un morceau de bois rond, mesuré sur le tuyau de fer. Mais comment me placer assez solidement pour exécuter cet ouvrage? J'avais une corde neuve et forte; je l'ai fixée solidement à la partie supérieure de la perche, en laissant un peu plus bas, comme deux étriers, où je pouvais engager mes pieds, une fois que je serais arrivé en haut. J'ai pris d'ailleurs, comme secours, un autre bout de la corde, pour le fixer à l'anneau de la trappe et me l'attacher autour des reins.

Après avoir expliqué à grand-papa comment j'allais m'y prendre, j'ai obtenu qu'il me laissât faire, et j'ai si bien pris mes mesures que, du premier coup, le tuyau a passé par l'ouverture, où je l'ai fixé au moyen de quelques clous, enfoncés dans un rebord, que j'avais percé de place en place auparavant.

Je suis redescendu tout joyeux; j'ai enlevé du foyer la neige que le tuyau avait tranchée en s'élevant, et j'ai eu le plaisir de voir monter sans peine la fumée d'un feu pétillant, que mes mains venaient d'allumer.

Voilà l'emploi de toute ma journée; mais il faut considérer que les outils n'étaient pas des meilleurs, que la place était incommode, et, surtout, l'ouvrier inexpérimenté. Je ne mérite pas cependant tout ce que mon grand-père veut bien me dire pour me récompenser de ma peine. Je suis trop payé par le plaisir de le voir, les pieds sur les chenêts, se réjouir à la clarté du feu, et se réchauffer avant de se mettre au lit.

Après avoir entendu la lecture de ce qui précède, grand-papa exige que j'écrive encore ce qu'il va me dicter. C'est lui qui parle :

— J'ignore ce que l'avenir me garde, mais je veux, s'il est possible, que l'on ne puisse pas ignorer un seul des motifs que j'ai de bénir Dieu dans cette prison, si triste en apparence. Mon petit-fils s'exprime toujours avec la réserve qui lui convient, quand il parle de ce qu'il a fait, et je me garderai bien de blesser son humilité par mes éloges. « La louange des hommes ne nous rend pas plus saint, » dit le sage dont nous méditons chaque jour les leçons avec un nouveau plaisir; « vous êtes ce que vous êtes, et ce que les hommes peuvent dire de vous ne vous rendra pas plus grand aux yeux de l'Éternel. » Mais, si la conduite de mon petit-fils me remplit de joie, je peux bien me permettre de lui témoigner, surtout si je rapporte à Dieu la gloire de ce que je vois faire à cet enfant pour son aïeul. Oui, mon fils, à Dieu seul la gloire ! C'est lui que tu as d'abord en vue dans l'accomplissement de tes devoirs. Aujourd'hui, par exemple, tout le temps que tu as consacré à ce travail difficile, qui devait m'être si profitable, a été sans doute pour toi un temps de prière. Tandis que tes mains agissaient de toutes leurs forces, ton jeune cœur s'élevait à Dieu avec l'ardeur de ton âge; tu lui demandais que le succès répondît à nos désirs. Heureux emploi de la vie ! Voilà comme il faut toujours travailler. Citons encore notre sage :

« Les occupations extérieures tirent souvent l'âme au-dehors, et l'empêchent de se recueillir et de se tenir présente à Dieu ; mais quand on ne fait que se prêter à des emplois extérieurs, pour se livrer en les remplissant, à la volonté de Dieu qui nous y applique, alors on n'y est point dissipé, et l'on n'y fait en divers emplois qu'une chose qui est de chercher à contenter Dieu. »

— Faites, Seigneur, a dit enfin mon grand-père,
que le vieillard ait lui-même la sagesse qu'il souhaite à l'enfant ! Si vous vous êtes servi de moi pour
appeler à vous mon petit-fils, continuez, je vous en
prie, à vous servir de lui pour mon propre salut !
Ainsi soit bénie mon épreuve, et bénie la captivité à
laquelle vous me condamnez avec lui ! je ne refuse
rien, Seigneur ; j'accepte toutes les souffrances, si
elles peuvent servir à nous approcher de vous.

Le 20 Décembre.

— Je ne voudrais pas, a dit mon grand-père,
'effrayer mal à propos ; cependant nous ferons bien
de prendre des précautions pour le cas, peu probable, où les loups reviendraient, et découvriraient le
chemin de notre unique fenêtre. Je vois cette ouverture mal fermée ; le chassis en est faible et vieux ;
il ne résisterait pas aux efforts de l'ennemi : occu-
pons-nous à fortifier sur ce point notre citadelle.

Nous y avons travaillé avec succès. Le grès qui
forme l'encadrement est assez tendre : nous avons
pratiqué deux trous en haut et deux en bas, à l'aide
d'un fer pointu, qui nous a tenu lieu de ciseau ; nous
avons fixé dans ces trous deux barreaux de chêne,
enlevés à nos crèches inutiles. Pour plus de sûreté,
nous avons placé en dehors, contre les barreaux,
quelques planches ajustées, aussi bien qu'il nous a
été possible, dans deux rainures ouvertes de chaque côté. Maintenant nous ne craignons pas plus
une invasion par la fenêtre que par la porte.

Pour celle-ci, nous la tenons constamment fermée au loquet et au verrou. Nous ne l'ouvrons que
rarement et avec précaution, quand nous voulons
faire provision de neige ; car nous n'employons pour
les besoins de notre ménage que de la neige fondue,

t nous n'avons pas remarqué jusqu'à présent qu'elle soit moins saine que l'eau ordinaire.

Le 24 Décembre.

Nous ménageons l'huile, et cette économie a failli nous coûter une grande jarre de terre cuite où nous tenons l'eau potable. Mais ici encore le bien est sorti du mal, comme on va le voir. La jarre était placée dans un coin : en cherchant dans l'obscurité, je ne sais plus quel objet, je l'ai heurtée et renversée. Heureusement le sol du chalet n'est que de terre battue ; la jarre ne s'est pas brisée.

— Prévenons un nouvel accident, a dit mon grand-père. Creuse dans ce coin une petite fosse, où la jarre, dont la base n'est pas assez large pour sa hauteur, sera logée et mieux en sûreté.

J'avais allumé la lampe, pour faire ce travail, et je m'étais armé d'une pioche ; au moment où j'allais porter le premier coup : « Arrête ! » m'a dit vivement grand-papa, comme saisi d'une pensée soudaine. Puis il s'est approché ; il m'a pris l'outil des mains, et s'est mis à creuser lui-même le sol, mais à petits coups et avec beaucoup de précaution. Je lui ai demandé ce qu'il cherchait, car je voyais bien, à la manière dont il travaillait, qu'il avait beaucoup plus de crainte de briser quelque chose de caché en terre que d'avancer l'ouvrage dont il m'avait chargé d'abord.

— Je ne me trompais pas, mon cher ami, m'a-t-il dit bientôt, en découvrant une bouteille. Au moment où je t'ai vu lever le bras, je me suis tout à coup rappelé que j'avais déposé dans cet endroit, il y a quelques années, quatre ou cinq bouteilles de vin, qui restaient de notre provision d'été. Depuis, je les avais oubliées. Pose celle-ci sur la table ; il ne

nous reste plus qu'à chercher les autres. Elles ne
sont pas en grand nombre, je le sais positivement ;
cependant, mon cher Louis, je regarde cette trouvaille comme très-heureuse. Tiens, voici la seconde
et la troisième...

Bref, nous les avons retrouvées au nombre de
cinq, et j'ai pressé grand-papa d'en goûter sur-le-
champ. Que j'ai eu de plaisir à lui verser un demi-
verre de ce vin vieux ! La nourriture à laquelle il est
réduit depuis un mois lui rend ce cordial bien nécessaire ; mais il n'a pas voulu en prendre davantage, estimant que cette boisson était un remède à
ménager. Je me suis fondé là-dessus pour en refuser ma part, n'ayant besoin de me guérir de quoi
que ce soit.

— Mouilles-en du moins tes lèvres en l'honneur
de ce jour, a dit mon grand-père ; c'est le dernier de
la saison des vendanges, ou, si tu veux, c'est le premier de l'hiver. Le soleil va revenir sur ses pas et se
rapprocher de nous ; les jours grandiront, d'abord
peu sensiblement, il est vrai, mais c'est comme le retour de l'espérance, il faut le saluer d'un cœur joyeux.

J'ai fait ce qui m'était demandé ; puis j'ai mis à
part, et couché avec un grand soin, cette provision
inattendue, dont j'espère un heureux effet sur la
santé de mon vieil ami.

Ce petit incident a ranimé notre courage ; nous
avons causé longtemps ; grand-papa m'a donné une
leçon d'astronomie, et je crois avoir bien compris
maintenant comment la terre se meut autour du soleil, comment se forment la nuit et le jour, l'hiver
et l'été, le printemps et l'automne... A propos de la
forme de notre terre, qui est un globe, quoiqu'il n'y
paraisse pas, je lui ai récité une des pièces de vers
que j'avais apprises à l'école.

Le Père et l'Enfant.

L'ENFANT.

Père, apprenez-moi, je vous prie,
Ce qu'on trouve après le coteau
Qui borne à mes yeux la prairie?

LE PÈRE.

On trouve un espace nouveau,
Comme ici, des bois, des campagnes,
Des hameaux, enfin des montagnes.

L'ENFANT.

Et plus loin?

LE PÈRE.

D'autres monts encor.

L'ENFANT.

Après ces monts?

LE PÈRE.

La mer immense.

L'ENFANT.

Après la mer?

LE PÈRE.

Un autre bord.

L'ENFANT.

Et puis?

LE PÈRE.

On avance, on avance,
Et l'on va si loin, mon petit,
Si loin, toujours faisant sa ronde,
Qu'on trouve enfin le bout de monde...
Au même lieu d'où l'on partit.

Le 22 Décembre.

J'ai appris par la géographie que les peuples des montagnes ont des mœurs à part.

— Et l'on ne doit pas s'en étonner, dit mon grand-père, quand on voit combien leur manière de vivre est différente de celle des autres peuples. Les montagnards sont confinés une grande partie de l'année dans leurs cabanes écartées, et, quand ils en sortent avec leurs troupeaux, c'est encore pour chercher la solitude. Un berger des Alpes jouit moins de la société des hommes pendant une année, que l'habitant de nos villages pendant un mois. Cette vie solitaire doit avoir sur le caractère des effets marqués. On est plus concentré en soi-même ; on vit sur ses propres réflexions ; on s'accoutume à combattre avec ses seules forces contre les obstacles d'une nature sauvage. Cette vie pénible doit former à la patience et à la résignation. C'est presque la vie de ces ermites, qu'on nous représente passant leurs jours dans des austérités continuelles et dans une silencieuse contemplation.

Ainsi parlait mon grand-père, à la lueur de notre foyer, et il me paraissait à moi-même un de ces saints hommes, objets de la vénération publique dans les siècles passés. Sa barbe commence à couvrir le bas de son visage ; il porte un bonnet garni d'une fourrure grise ; son habit brun est du drap le plus grossier : son costume forme une opposition singulière avec la douceur de son regard et de son sourire. Quelquefois je reste longtemps à le considérer, et, si je pense à tout ce qu'il doit souffrir, soit à cause de moi, soit par l'infirmité de son âge, mes yeux se remplissent de larmes.

Mais nous avons soin de nous arracher l'un l'autre à nos tristes réflexions. Mon grand-père ne demande pas mieux que de lier la conversation, et je tâche de la lui rendre agréable par mon attention docile, ne pouvant guère conter à mon vénérable ami de choses qui l'intéressent. Aujourd'hui il m'a entretenu des travaux auxquels se livrent pendant l'hiver les montagnards des Alpes et du Jura.

Oh ! que je porte envie à ceux qui peuvent abréger cette saison par des occupations régulières ? Si

j'avais, comme plusieurs, les matériaux, les outils
et l'adresse nécessaires pour faire de ces jolis ouvrages en bois, qui se fabriquent surtout dans l'O-
berland bernois, et qui se vendent jusqu'à Paris ;
ou, si j'étais assis devant un établi, comme les hor-
logers de la Chaux-de-Fonds et de la vallée du lac
de Joux, qui font des montres si renommées par
leur exactitude ; si seulement j'avais le bois nécessaire pour faire des échalas, de grossiers baquets et
des tonneaux , comme d'autres habitants de nos
montagnes, je ne me plaindrais pas de mon sort ; il
n'y a guère de situations dans la vie qu'un travail
assidu ne rende agréables ou du moins suppor-
tables.

Lorsque la lampe ou le feu du foyer nous éclaire,
j'essaie de construire des ruches de paille ; mais, si
grossier que soit ce travail, je ne peux y vaquer sans
lumière ; il faut l'interrompre la plus grande partie
de la journée, et je suis heureux de trouver alors
dans la conversation de grand-papa un sujet de délassement toujours nouveau. Si le silence et la solitude se joignaient à l'obscurité, notre position s
rait affreuse.

Le 23 Décembre.

Grand-papa s'est plaint de douleurs et d'engourdissement dans les membres. Nous avons soin de
marcher tous les jours quelques moments en long et
en large dans notre prison, autant que l'étroit espace nous le permet. Cet exercice nous est nécessaire ; grand-papa le fait en s'appuyant sur mon
bras. Aujourd'hui il a présenté devant le feu ses
pieds nus, et j'ai remarqué avec douleur des traces
d'enflure. Il m'assure que ce n'est pas une chose
nouvelle, et que cela ne doit pas m'alarmer

Je l'engage, chaque soir, à prendre un doigt de vin pour soutenir ses forces, et il est très-disposé à soigner sa santé, bien plus afin de m'épargner des inquiétudes que par attachement à la vie. Mon Dieu, conservez-moi l'unique ami qui me reste peut-être sur la terre !

Le 24 Décembre.

Nous imaginons chaque jour quelque nouveau moyen de remplir nos heures pour combattre l'ennui, et certainement nous avons gagné aujourd'hui quelque chose, grâce à notre persévérance.

— Nous sommes aveugles pendant une partie du jour, a dit mon grand-père ; mais les aveugles savent bien souvent occuper leurs mains, et faire des ouvrages dont la perfection nous étonne : essayons de les imiter ? Ne saurions-nous tresser de la paille sans y voir ? Nous devons y parvenir, avec de l'attention et la facilité que donne l'habitude.

Nous avons fait une première tentative, et, quand nous en avons examiné le résultat, à la clarté de la lampe, nous n'avons pas été trop mécontents. Je suis sûr qu'en peu de jours nous parviendrons à faire des tresses assez régulières.

Je veux essayer de fabriquer un chapeau de paille comme je l'ai vu faire à quelques petits bergers. Si je peux réussir, j'en serai plus surpris, car ce travail est moins simple. Il faut engager les brins de paille les uns dans les autres, les attacher par des fils nombreux, ce qui exige des nœuds fréquents, et monter le tout sur une forme, comme celles dont se servent les fabricants de feutres. Mon premier essai sera sans doute quelque chose de merveilleux !

Le 25 Décembre, jour de Noël.

Nous avons consacré à la prière et à la méditation cette sainte journée. Il faut être malheureux pour sentir tout le prix de ce que le Sauveur a fait en faveur des hommes. Avant lui, combien l'infortune devait être amère! Qu'elle devait conduire aisément au murmure et au désespoir!

Il est venu sur la terre, et la consolation avec lui. Il nous a donné non-seulement les plus sages leçons, mais encore l'exemple le plus salutaire. Nous voici relégués comme dans un désert : et notre Sauveur ne fut-il pas aussi transporté sur la montagne pour être tenté par le diable? Nous avons du moins un abri, une couche : et lui, il n'avait pas un lieu où reposer sa tête. Nous sommes peut-être oubliés des hommes : Jésus en fut maudit et persécuté.

Ces réflexions ne sont pas de moi, mais de mon grand-père. Il m'en a présenté beaucoup d'autres, que je voudrais bien n'oublier jamais. Il m'a touché vivement en me rappelant, d'après les Évangiles, l'histoire de la naissance, de la vie, et de la mort de Jésus. Il m'a cité un grand nombre de ses paraboles et plusieurs de ses discours, pleins d'une charité divine. Notre chalet me paraissait comme un temple, pendant qu'il me faisait ces récits, où se mêlaient des applications utiles, et propres aux circonstances où nous sommes.

Cependant les cloches ont retenti dans nos vallées ; les campagnards se sont pressés autour des autels ; les chants religieux se répondaient de village en village, et ce bruit de fête n'est pas monté jusqu'à nous.

O mes voisins, vous ne savez pas combien vous êtes heureux de vous réunir pour la prière, après avoir été dispersés pour le travail ! Autrefois l'habitude et l'enfance me laissaient insensible à cet avantage : aujourd'hui il me touche, au point de me faire verser des larmes d'impatience et de regret. *Comme le cerf soupire après les eaux, de même mon cœur soupire après vous, ô mon Dieu !* Mais j'espère comme David : *Je passerai dans le lieu du tabernacle admirable, jusqu'à la maison de Dieu, au milieu des chants d'allégresse et de louange.*

Quand je descendrai de ma montagne, comme Moïse, il me semble que je porterai à mes frères les conseils de la sagesse. Je leur dirai : « Si vous aviez appris comme moi combien la société de tous est nécessaire à chacun, vous n'auriez les uns pour les autres que des sentiments d'amour et de charité. Reléguons quelque temps dans la solitude ceux qui ne veulent pas comprendre ces choses, et qui répandent parmi nous le trouble et la guerre : ils ne tarderont pas à sentir leur folie ; ils sauront par expérience qu'*il n'est pas bon que l'homme soit seul; ils aimeront, comme ils s'aiment eux-mêmes, ce prochain*, sans lequel la vie ne serait plus un bienfait mais un châtiment de la Providence. »

Le 26 Décembre.

Ce matin mon grand-père s'est trouvé incommodé pour avoir bu son lait pur : heureusement il a été plus promptement remis que je n'osais l'espérer. Sans doute sa grande patience contribue à lui rendre les maux plus légers. Il m'a dit avec sérénité :

— Je suis sans inquiétude, mon cher enfant. Il me paraît tout à fait probable que ma vie se prolongera pour le moins jusqu'au moment de notre délivrance. C'est tout ce que je désire. Si j'avais le bonheur, avant de mourir, de te voir dans les bras de ton père, ce départ me semblerait plus doux que je ne peux te le dire. Mais je suppose que Dieu voulût me retirer à lui pendant que nous sommes seuls dans ce chalet, j'ai assez bonne opinion de toi pour être assuré que cela ne te causerait ni frayeur ni désespoir. Que suis-je pour toi maintenant? Une charge, un embarras, que la piété filiale t'empêche seule de sentir. C'est toi qui fais tout ici. Depuis que je t'ai communiqué l'expérience dont tu manquais encore, il me semble que ma tâche est remplie. Ose donc, comme moi, envisager sans trouble l'idée d'une séparation un peu plus prompte que nous ne l'eussions souhaitée; soyons prêts à tout événement. Mais, je le répète, nous pouvons avoir bonne espérance : les soins que tu prends de moi, un peu plus de prudence dans la mesure de mes aliments, soutiendront ma vie jusqu'au printemps, et je verrai encore un feuillage.

Je n'ai pu répondre que par mes larmes à ces touchantes paroles. Nous avons gardé un long silence, et il m'a fallu bien du temps pour me remettre à l'ouvrage au milieu des ténèbres.

Ce soir grand-papa n'a pas voulu prendre de lait, et, voyant qu'une partie resterait sans emploi, il m'a donné l'idée d'en faire un fromage; il m'a dirigé dans ce petit travail.

— Il paraît, m'a-t-il dit en souriant, que je te suis encore bon à quelque chose.

A défaut de présure, nous avons fait cailler le lait avec un peu de vinaigre. J'ai passé ensuite le laitage dans un moule de terre cuite. Jusqu'à présent les choses sont allées à souhait : nous verrons demain le résultat.

De mon côté, j'ai fourni à grand-papa une idée

qu'il a jugée heureuse, c'est de se faire une rôtie au pain et au vin, comme j'avais vu faire quelquefois pour lui à mes tantes, lorsqu'il se sentait faible ou incommodé. L'exécution a suivi de près ; mais que n'aurais-je pas donné pour avoir un peu de sucre à répandre sur les tranches de pain chaudes et fumantes ! Heureusement le vin que nous avons retrouvé s'est beaucoup adouci en viellissant ; c'est un vin blanc récolté dans une bonne année, « un vin que l'on servirait, dit mon grand-père, sur la table d'un prince. »

— Je ne lui demande, a-t-il ajouté, que de prolonger ma vie jusqu'aux premiers bourgeons de la vigne.

Le 27 Décembre.

Le fromage a parfaitement réussi. Je l'ai placé sur une tablette et saupoudré de sel. Il m'a été impossible de le regarder sans que l'eau m'en vînt à la bouche, et pourtant combien je serais heureux de n'avoir pas dû employer ainsi notre lait ! Aujourd'hui nous en avons encore de quoi faire un second fromage. Mon grand-père a goûté seulement de mes pommes de terre cuites sous la cendre. Avec cela, un peu de pain et de vin a fait toute sa nourriture. Hélas ! il souffre peut-être, et, quoi qu'il fasse, je vois trop que ses forces s'en vont.

Le 28 Décembre.

Mon grand-père aime à présent à se lever plus tard et à se coucher plus tôt. Il estime qu'après avoir fait un peu d'exercice, la bonne chaleur qu'il trouve, dit-il, sous la laine et la paille lui convient mieux. Il est impossible de se ménager avec plus d'attention et d'une manière plus désintéressée. Tout ce qu'il fait, tout ce qu'il dit, m'instruit et me touche. Que de progrès j'ai faits avec lui en quelques semaines ! Je ne me reconnais plus ; j'ai quitté la plaine avec les sentiments et les idées d'un enfant : je me suis formé ici avec une rapidité qui m'étonne.

La journée qui vient de s'écouler n'a été marquée par aucun événement. J'ai travaillé, comme à l'ordinaire, et presque toujours au milieu de l'obscurité. J'acquiers tant de facilité à cet exercice, qu'il me semble que ma vue a passé au bout de mes doigts. Le toucher m'avertit des moindres erreurs, et ses avis excitent chez moi la réflexion d'une manière toute nouvelle. Je trouve quelque chose de si intéressant dans cette façon d'être, que je conseillerais d'en essayer à ceux mêmes qui n'en ont pas besoin. La vue est un serviteur trop empressé et trop complaisant, qui ne nous laisse pas le temps d'exiger de nous-mêmes tout ce que nous en pourrions obtenir. Le toucher est aussi un aide fidèle, mais il attend que la volonté commence, pour se mettre à sa disposition ; il laisse à l'intelligence le soin de le diriger et de le reprendre. Ainsi chacun reste à sa place : l'esprit gouverne, le corps obéit.

Voilà nos réflexions sur ce qui se passe en moi. Je ne m'attendais pas, il y a quelque temps, à porter mon attention sur de pareils sujets : je me suis mieux étudié en trente jours de prison qu'en toute une vie de liberté.

Le 29 Décembre.

Les jours où nul événement ne jette quelque variété sur notre paisible existence, je porte plus vivement ma pensée au dehors, et, dès qu'elle s'est échappée de notre demeure, c'est sur vous, mon excellent père, qu'elle aime à s'arrêter. Et pourtant je

ne sais où vous prendre. Mon premier mouvement
est de vous chercher dans notre maison et dans nos
campagnes. Je vous vois seul et triste, les yeux
tournés souvent vers les hauteurs où nous endurons
votre absence. Vous, du moins, vous savez où nous
sommes, et vous ne devez pas avoir perdu l'espérance de nous revoir. Car enfin nous ne sommes pas
demeurés sans ressources. Mais vous, qui nous dira
ce qui vous a empêché de venir à notre secours?
J'ai beau me flatter que ces obstacles n'ont rien de
funeste, un triste pressentiment me dit que le jour
de notre délivrance sera notre premier jour de
deuil.

Pourquoi n'êtes-vous pas demeuré avec nous?
Vous vous serez perdu en voulant sauver notre bétail. Au milieu de l'obscurité qui m'entoure si souvent, j'écoute avec une crainte superstitieuse : il me
semble entendre les anges qui m'avertissent de mon
malheur : je crois deviner le secret de Dieu, et j'ai
de la peine à revenir de mon égarement. Quelques
paroles de mon grand-père me ramènent enfin à la
raison et à la patience ; je respecte le voile qui me
cache le passé et l'avenir. Ai-je perdu mon père?
perdrai-je mon aïeul? Hélas! je l'ignore, et sans
doute je dois l'ignorer. Mon Dieu, je ne vous offen-
serai plus par mon inquiétude et ma défiance ! J'em-
brasserai la croix du Sauveur, et j'attendrai avec
résignation ce que vous résoudrez !

Le 30 Décembre.

La fin de l'année approche. Ce jour est un de ceux
où mes condisciples jouissent d'une liberté trop vivement souhaitée : ils ne vont pas à l'école, et ils
s'en font un sujet de bonheur. Telles furent aussi
mes pensées, quand j'étais au village : elles ont bien

changé maintenant. Que ne donnerais-je pas pour passer quelques heures chaque jour dans cette salle, que j'appelais une prison ? J'entends la cloche matinale qui nous rassemble ; nous entrons pêle-mêle, nos livres sous le bras ; chacun se place ; le maître se lève, et nous nous levons avec lui : la prière sanctifie et prépare le travail.

Alors commence le murmure confus des voix qui répètent tout bas ce qu'elles seront appelées à redire tout haut. Les cahiers s'ouvrent de tous côtés, et le bruit des pages feuilletées se mêle à mille petites rumeurs, que le maître interrompt, en frappant sur son pupitre avec sa grosse règle de hêtre. On échange à la dérobée quelques sourires.

On va écrire la dictée : toutes les plumes se préparent ; elles courent ensemble sur le papier ; puis viennent les exercices de calcul, de lecture et de chant.

Ainsi, passant d'un travail à un autre, dans une société faite pour les intéresser et leur plaire, les élèves n'en consultent pas moins avec impatience l'horloge de bois. Le balancier paisible poursuit sa marche d'un pas toujours égal ; les poids moteurs descendent insensiblement, et l'écolier distrait observe, de moment en moment, les progrès de leur chute le long de la muraille. Enfin trois heures se sont écoulées lentement : celle de la délivrance arrive.

A peine la classe est-elle licenciée, que les cris joyeux, les mouvements impétueux, remplacent le silence et la contrainte. On s'élance, on court, on se presse ; les jeux se forment devant la maison d'école, et trop souvent les querelles naissent en même temps.

J'ai pris ma part de ces travaux et de ces plaisirs ; il me semble que je les goûte encore, en les retraçant ici. Je rêve tout éveillé, je me souviens et j'oublie...

— Pauvre Louis! m'a dit mon grand-père, quel nouveau sujet as-tu de soupirer ? faudra-t-il que je te défende le délassement que je t'ai conseillé moi-même? Sois le maître de tes pensées et de ta plume; occupe-les de sujets propres à te fortifier ; considère que ta condition présente exige de toi de la fermeté, et que bientôt peut-être il t'en faudra davantage.

— Êtes-vous moins bien, ce soir, mon cher grand-papa?

— Non, mon enfant, et, si je viens de me coucher, c'est seulement par prudence ; je veux faire si bien que, dans deux ou trois mois, nous descendrons gaillardement ensemble la montagne, Blanchette courant devant nous. Comme on sera joyeux de nous revoir !

— On n'attendra pas que nous nous mettions en route, je vous assure, et l'on viendra frapper à notre porte, plus tôt que vous ne croyez.

— On viendra frapper à notre porte?

En répétant mes paroles, mon grand-père a pris un air grave, et il m'a serré la main.

— Et si le messager de délivrance venait m'appeler, non pas au village, mais au ciel, que ferais-tu, mon enfant ? Voyons ! il faut prévoir le cas et se préparer. Tu seras, je n'en doute point, un excellent garde-malade, et, tant que je vivrai, je compte sur ta fermeté : mais après... il te resterait d'autres devoirs... envers ma cendre. Pourrais-tu les accomplir?

Ici j'ai interrompu mon grand-père par mes sanglots je l'ai prié de ne pas poursuivre. Nous nous sommes embrassés, et, après avoir ajouté à mon journal le récit de cette pénible scène, je vais en demander l'oubli au sommeil.

Le 31 Décembre.

Heureuse journée ! mon grand-papa s'est trouvé plus d'appétit et de force ; il a pris un peu de café au lait, il a mangé plus que de coutume, et s'est restauré avec un doigt de vin. Ainsi ce qui est un poison, quand il est pris avec excès ou mal à propos, comme tant de personnes ont coutume de le faire, est ici un remède dont je bénirai les effets.

Le dernier jour de l'année s'est bien passé. Permettez, mon Dieu, que je vous en remercie, et que j'achève cette journée solennelle en adorant votre puissance et votre bonté?

Le 1er Janvier.

L'année dernière, j'étais à pareil jour au milieu de ma famille. La veille, mon père était allé à la ville faire quelques petites emplettes, et j'en eus ma part. Le matin, il me conduisit à l'église ; nous eûmes quelques parents à dîner ; les enfants dansèrent aux chansons, et la fête se prolongea fort tard.

Si l'on m'avait alors donné à deviner où je passerais le nouvel an aujourd'hui, je n'aurais certes pas imaginé ce que je souffre et ce que je vois. Il arrive aux hommes tant de choses inattendues, qu'ils devraient se tenir constamment sur leurs gardes, comme le soldat qui veille tout armé dans le voisinage des ennemis.

Mon grand-père, jugeant que cette journée serait plus triste pour moi, a fait tout ce qu'il a pu pour me distraire ; il a bien voulu m'enseigner quelques jeux qui exigent certaines combinaisons ; il m'a proposé des questions qui se résolvaient par un badinage ; sa conversation a été plus enjouée que de coutume ; enfin nous avons fait à souper une sorte de fête. Il a voulu que j'ajoutasse aux pommes de terre cuites sous la cendre mon premier fromage, que j'ai trouvé exquis et délicat au point où il était ; je n'ai pu refuser ma part d'une rôtie. C'était un festin pour des ermites comme nous.

La chèvre n'a pas été oubliée ; je lui ai choisi le meilleur foin ; elle a eu de la litière fraîche, double ration de sel et triple mesure de caresses.

Veuille le Seigneur, que nous avons invoqué ce matin et ce soir, conserver le petit-fils à l'aïeul et l'aïeul au petit-fils !

Mon grand-père désire ajouter ici quelques mots de sa main.

« Au nom de Dieu, *amen !*

« Il peut arriver que je sois séparé des miens, avant d'avoir pu leur faire connaître mes dernières volontés. Je n'ai aucune disposition générale à faire au sujet de mes biens, mais je souhaite reconnaître le soin et le dévouement de mon cher petit-fils, Louis Lopraz, ici présent, et, comme il m'est impossible de lui offrir le moindre cadeau en un jour tel que celui-ci, je prie mes héritiers d'y suppléer en lui donnant de ma part :

« Ma montre à répétition ;

« Ma carabine ;

« Ma Bible, qui était déjà celle de mon père ;

« Enfin mon cachet d'acier, où sont gravées mes initiales, qui se trouvent les mêmes que celles de mon filleul et petit-fils.

« Ces faibles marques de souvenir lui seront précieuses, j'en suis convaincu, à cause de l'amitié qui

nous unit, et que la mort elle-même laissera sub-
sister entre nous.

« Telle est ma volonté.

« Au chalet d'Anzindes, le 1er janvier 18..

« LOUIS LOPRAZ. »

Mon vénérable ami, permettez qu'à mon tour je
vous exprime dans mon journal ma vive reconnaissance ; c'est, je le sens, un bonheur inestimable
pour moi d'avoir vécu avec vous dans cette retraite
écartée : je n'avais pas besoin de récompense, ou
du moins le bon témoignage que vous daignez me
rendre devait me suffire. Puissiez-vous jouir encore
longtemps de la société de nos amis et de nos pro-
ches ! C'est par ce vœu filial, où ils sont si intéres-
sés, que je commencerai la nouvelle année.

Le 2 Janvier.

Depuis longtemps nous n'entendons plus aucun
bruit du dehors, et notre réclusion est toujours plus
profonde. Nous en concluons qu'il est tombé beaucoup de neige nouvelle, et que probablement le
chalet est tout à fait enseveli sous cette masse. Cependant le tuyau de fer la dépasse encore ; la fumée
sort toujours librement : aujourd'hui quelques flocons de neige tombent par ce canal étroit.

Ces blancs messagers de l'hiver sont la seule
chose qui établisse une communication entre nous
et le monde. Si notre horloge s'arrêtait, nous n'aurions plus aucune connaissance des heures. Il nous
resterait seulement, pour distinguer le jour de la
nuit, la clarté que nous apercevons encore le matin
par le haut du tuyau de fer.

En revanche, nous souffrons peu du froid dans
notre caveau silencieux. Nous aurions pu craindre

davantage que le séjour n'en devînt malsain, mais le petit courant d'air qui s'établit dans la cheminée suffit pour le purifier en le renouvelant.

Quand nous avons allumé la lampe, et que, livrés à nos occupations journalières, nous sommes assis devant un feu brillant, nous oublions quelquefois notre malheur et nous retrouvons un peu de gaieté. A ces moments-là, j'en suis sûr, notre position serait un sujet d'envie pour tel ou tel de mes camarades. N'avons-nous pas désiré souvent d'être Robinson dans son île déserte? Et pourtant la barrière de l'Océan, qui le séparait des autres hommes, était bien plus difficile à franchir. Il n'avait d'espérance que dans l'arrivée de quelque vaisseau égaré, et nous, nous sommes assurés que cette neige s'écoulera tôt au tard. Dieu veuille seulement garder jusque-là notre vie !

Le 4 Janvier.

Il m'a été impossible de prendre la plume hier au soir, où plutôt je n'y ai pas songé. Hélas ! j'avais bien autre chose à faire.

La journée s'était passée tranquillement. Grand-papa ne s'était pas trouvé beaucoup d'appétit; mais il ne se plaignait d'aucun mal. Le soir, après souper, comme il était assis au coin du feu, jouissant avec moi de ce moment, le plus agréable de la journée, il a tout à coup pâli, il s'est affaissé sur lui-même, et, sans mes prompts secours, il aurait glissé jusque dans le feu.

J'ai poussé un cri d'effroi ; je l'ai pris dans mais bras, et, par un effort dont je me serais cru incapable, je l'ai transporté jusque vers notre lit, où je l'ai d'abord assis, puis couché tout de son long. La tête et les mains étaient froides ; le sang avait reflué au

cœur, et je me suis bien gardé de rien placer d'é-
levé sous la tête du malade; je me suis rappelé à
l'instant une instruction, qu'il m'avait donnée, quelques jours auparavant, pour des cas pareils. J'ai
laissé la tête basse, et le sang n'a pas tardé d'y revenir. La connaissance est revenue en même temps.

— Où suis-je? eh quoi! sur mon lit? a dit mon
grand-père.

— Sans doute, ai-je répondu. Vous avez eu un
instant de défaillance... j'ai cru devoir vous placer
ici, et vous voyez que j'ai bien fait, car, à peine
avez-vous été couché, que vous avez repris connaissance.

— Il m'a porté jusqu'ici! Dieu soit loué! à mesure que mes forces diminuent, les tiennes augmen-
tent, mon cher enfant. En somme, tu le vois, nous
ne perdons rien; nous trouvons au contraire, dans
cette révolution naturelle, de nouveaux sujets, toi
de bien faire, moi de t'aimer.

Alors il m'a passé les bras autour du cou; je me
suis agenouillé auprès du lit, et nous sommes restés
ainsi longtemps. Enfin il a consenti à boire quelques
gouttes de vin, et il s'est senti ranimé.

— Ne t'alarme point trop pour ce qui vient de se
passer, m'a-t-il dit, au bout de quelques moments,
avec tranquillité. Je l'attribue à la fantaisie qui m'a
pris de goûter un peu de ton fromage de chèvre. Je
devais prévoir, puisque le lait m'est contraire, que
cela me conviendrait encore moins. La crise est
passée, et je sens à présent que le sommeil approche. Cet assoupissement salutaire est aussi agréable
que les avant-coureurs de l'évanouissement étaient
pénibles.

En effet mon grand-père n'a pas tardé à s'endormir; j'ai veillé quelque temps auprès de lui, puis,

quand je l'ai vu si bien, j'ai béni Dieu, et me suis mis à mon tour sous sa garde.

Aujourd'hui j'ai été fort occupé des soins du ménage. Sur l'observation de grand-papa, que notre linge, nos bas, avaient besoin d'être lavés, je l'ai pressé de rester au lit, et j'ai fait la lessive, aussi bien du moins qu'on peut la faire sans savon. Il m'a dirigé dans mon travail. Un linge assez grand, qui nous sert de nappe, nous a permis de séparer la cendre des nippes à laver. Un baquet a fait l'office de cuvier. J'ai passé ensuite ces hardes à l'eau chaude : le soir tout s'est trouvé prêt à sécher autour du feu. Je vais laisser les choses dans cet état jusqu'à demain. Quelques braises qui restent, la chaleur du foyer et le courant d'air achèveront cette opération essentielle.

J'oubliais de dire qu'ayant vu, ce soir, mon grand-père se frotter le corps et les membres, je l'ai prié de recevoir encore pour cela mes faibles secours. Pendant une heure je l'ai frictionné avec un morceau de la couverture de laine, que nous avons consacré à cet usage. Il est persuadé que rien n'est plus propre à ranimer chez lui la circulation du sang, à lui tenir lieu de l'exercice qu'il ne peut prendre, et du grand air, auquel il nous faut renoncer pour longtemps.

Hélas ! j'ai trouvé son pauvre corps dans un état de maigreur bien affligeant ! Pendant que je lui rendais ce léger service, il ne cessait de me remercier.

— Il me semble, disait-il, que tu me rends la vie. Je sens une chaleur douce renaître dans mes membres ; je respire plus librement.

Toutes ces paroles me donnaient une nouvelle ardeur. Et, comme il s'inquiétait de ma peine : — Ne voyez-vous pas, lui ai-je dit en souriant, que je

prends moi-même un très-bon exercice? Je vous assure qu'en vous faisant du bien, je m'en fais aussi,
et je vous prie d'user souvent d'un remède si salutaire pour le médecin.

Le malade repose doucement auprès de moi, et,
cependant, je me suis amplement dédommagé de
mon silence de la veille, en écrivant ce soir l'histoire de deux jours.

Le 5 Janvier

Mon grand-père m'a parlé ce matin de son état,
sans me rien déguiser. Toutes ses paroles retentis-
sent encore à mon oreille. Quelle douceur et quelle
sagesse! Je serais impardonnable si je n'en profitais
pas, tout jeune que je suis.

« Mon enfant, m'a-t-il dit, après m'avoir fait asseoir à son chevet, je ne peux plus me le dissimu-
ler : le terme de ma vie n'est pas éloigné. Pourrons-
nous enchaîner assez longtemps mon âme à cette
poussière, pour que je voie le jour de ta délivrance?
Je l'ignore, mais je n'ose guère l'espérer; ma faiblesse augmente avec une rapidité qui m'étonne, et
il est à présumer que je te laisserai achever seul nos
tristes quartiers d'hiver.

« Tu seras, je n'en doute point, plus affligé de
notre séparation que troublé de ton isolement, et tu
ressentiras plus de douleur que de crainte ; mais je
compte assez sur ton courage et ta piété, pour être
persuadé que tu ne tomberas point dans un coupable abattement; tu te souviendras de ton père, que
tu dois revoir sans doute, et cette pensée te sou-
tiendra. Tu reconnaîtras bientôt qu'après ma mort,
les dangers que tu peux courir dans ce chalet ne seront point aggravés. Au contraire, j'étais plutôt un
obstacle pour toi : tu n'auras plus à craindre la di-

sette, et peut-être, au moment de quitter la montagne, seras-tu moins embarrassé. Je t'engage seulement à prendre patience. Ne t'expose pas trop tôt. Quelques jours de plus ou de moins ne doivent pas être comptés, dans une captivité si longue, et tu risques tout, en devançant le moment favorable.

« Quelle raison aurais-tu de te presser si fort ? Ta santé, jusqu'à ce jour, n'a point souffert de notre captivité. Tu n'auras plus, il est vrai, nos entretiens pour te distraire ; mais combien de prisonniers sont condamnés au silence pendant de longues années ! Encore ont-ils souvent la conscience troublée de remords ; et toi, tu seras soutenu par le consolant souvenir du devoir accompli. Une seule chose m'inquiète, mon cher Louis : s'il faut te le dire, je crains l'effet de ma mort sur ton imagination. Quand tu verras ce corps privé de vie, il te causera un sentiment d'effroi, et peut-être d'horreur, bien peu raisonnable, mais que beaucoup de gens ne savent pas surmonter.

« Et pourquoi craindrais-tu la dépouille de ton vieil ami ? As-tu peur de moi quand je sommeille ? L'autre soir, quand j'étais évanoui, tu ne m'as pas jugé capable de te nuire : tu n'as vu que la nécessité de me secourir, et tu as fait ton devoir en homme courageux. Eh bien ! si tu me vois tomber dans ce dernier évanouissement que l'on nomme la mort, conduis-toi avec la même sagesse. Mon corps n'attendra plus de toi qu'un dernier service : ose le lui rendre, quand la nature t'avertira que le moment en est venu. Tes forces y suffiront; tu l'as prouvé l'autre soir, quand tu m'as porté sur ce lit.

« Tu vois cette porte ; elle conduit à la laiterie, où nous n'entrons jamais, parce qu'elle nous est inutile, c'est là que tu creuseras une fosse aussi profonde que tu pourras, pour y déposer mon corps, en attendant que vous veniez l'enlever, et lui donner, ce printemps, une sépulture régulière dans le cimetière du village.

« Après ces tristes moments, tu te sentiras bien isolé dans cette demeure ; tu verseras beaucoup de larmes ; tu m'appelleras peut-être, et je ne répondrai pas : ne t'égare point en regrets inutiles ; adresse-toi seulement à Celui qui nous répond toujours, quand nous l'invoquons avec confiance. Tu n'auras jamais mieux compris ce que peut son secours. Tout te manquera, mais il te tiendra lieu de tout. »

Telles sont les exhortations que mon grand-père m'a adressées ce matin ; et, comme s'il se trouvait soulagé de me les avoir faites, il s'est montré depuis plus tranquille, plus serein et presque joyeux. Pour moi, je ne peux me persuader qu'un esprit si libre et si ferme habite un corps près de se dissoudre. Le danger a été mis sous mes yeux, et il me semble encore éloigné. Dieu veuille confirmer mes heureux pressentiments !

Le 6 Janvier.

Encore un jour accompli ! C'est ce que nous répétons chaque soir. J'ai toujours plus de sujets d'impatience, et il me semble que le printemps ne viendra jamais. Serait-ce la crainte de l'isolement, dont mon grand-père me présentait l'image, qui causerait mon inquiétude ? Je cherche à repousser ces lâches sentiments ; je ne veux plus penser à moi, afin que Dieu me trouve plus digne de sa faveur. Ah ! si je lui demande de guérir mon aïeul, ce n'est pas dans mon intérêt, ni pour m'épargner l'horreur de la solitude !

L'obscurité est plus triste pour les malades; on dit même qu'elle peut nuire à la meilleure santé. La lumière est faite pour l'homme et l'homme pour la lumière. Nous nous sommes avisés ce matin d'un moyen de ménager l'huile, sans demeurer tout à fait dans les ténèbres. Nous avons fabriqué un lumignon avec une tranche mince de bouchon de liége, à laquelle nous avons fixé une mèche très-menue. Cette faible clarté suffit à mon travail ; elle réjouit un peu mon grand-père. Nous en userons ainsi à l'avenir, et nous n'allumerons guère la lampe, car je reconnais, dans ce moment, qu'il m'est à la rigueur possible d'écrire sans cela.

Sans doute, les personnes accoutumées à l'éclairage de la plus modeste cabane, pendant les soirées d'hiver, trouveraient notre demeure bien sombre ; mais, après les ténèbres où nous avons vécu si long-temps, il nous semble assez doux de nous entrevoir l'un l'autre, d'aller et de venir sans marcher à tâtons, et de pouvoir enfin distinguer, par cette lueur paisible, notre jour de notre nuit.

Une couche d'huile nage dans un verre d'eau, rempli aux trois quarts, et sur cette huile flotte notre petit soleil. Nous l'avons placé sur la table, et, à sa clarté, il n'est pas impossible d'entrevoir les objets qui garnissent notre cuisine. Ce demi-jour, semblable aux premières blancheurs de l'aube, porte au recueillement et dissipe la tristesse ; il rappelle ces églises où la lampe veille pour inviter à la prière. Aucune des actions de mon grand-père ne m'échappe ; je le vois souvent joindre les mains, et lever les yeux ou les fixer sur moi. Ah ! je devine alors sa pensée, et, sans nous consulter, nous formons ensemble le même vœu.

Le 10 Janvier.

Mon Dieu, vous l'avez ordonné !....... Je suis seul avec vous, loin de tout le monde ! C'est avant-hier... Il m'est impossible de continuer, et de faire le récit de cette mort. Mon papier est baigné de mes pleurs.

Le 12 Janvier.

Oui, c'est bien aujourd'hui le 12 janvier ; deux jours se sont écoulés depuis que j'ai écrit les lignes qui précèdent..... La raison revient ; elle sera la plus forte, s'il plaît à Dieu. Si je ne sentais pas que le Seigneur habite en moi, auprès de moi, je mourrais aussi, et de ma seule frayeur.

Le 13 et le 14 Janvier.

Je m'étais couché le 7 plein d'espérance ; mon grand-père me paraissait mieux que de coutume ; mais, avant que je fusse endormi, je l'entendis gémir et me levai en sursaut. Sans attendre qu'il me dît de venir à son aide, je m'habillai, j'allumai le lumignon, qui était tout prêt, et je demandai au malade ce qu'il éprouvait.

— Une défaillance, me dit-il ; ce sera comme l'autre jour, ou peut-être !...

Ici il s'arrêta.

— Voulez-vous prendre une cuillerée de vin, mon cher grand-papa ?

— Non, mon enfant, humecte-moi seulement les tempes et frotte-moi les mains avec du vinaigre... et... prends l'*Imitation de Jésus-Christ*. Lis, mon enfant, cet endroit que tu sais... où j'ai placé un signet par précaution.

J'obéis, et, quand j'eus frotté ses mains et ses tempes avec le vinaigre, j'allumai la lampe, pour y

mieux voir ; je me mis à genoux, et je lus en tremblant la page indiquée.

C'était au livre IV, le commencement du chapitre IX : « Seigneur, tout ce que le ciel et la terre
renferment vous appartient. Je veux m'offrir à vous
en oblation volontaire et demeurer éternellement
vec vous. » Jusqu'à ces mots : « Je vous offre aussi
tout le bien qui est en moi, quoiqu'il soit bien faible
et bien imparfait, afin qu'il vous plaise de le réfor-
mer et de le sanctifier, de l'avoir pour agréable et
de le perfectionner de plus en plus, et de me conduire à une bonne et heureuse fin, quoique je sois
paresseux, inutile et le moindre des hommes. »

Quand je fus arrivé à cet endroit, il m'interrom-
pit, me fit approcher, prit mes mains dans les siennes, et fit une prière dont je vais recueillir fidèle-
ment tout ce que j'ai pu retenir.

« Seigneur, au moment où je vais comparaître
devant vous, je ne devrais être occupé que de mon
salut, et trembler dans l'attente de vos jugements :
pardonnez-moi de ne pouvoir écarter de ma pensée
un autre sujet d'inquiétude ! Vous me rappelez à
vous, et je vais laisser dans la solitude ce cher enfant ! Après l'avoir séparé de son père, je vais moi-
même l'abandonner !

« Je tremble à l'idée de ce qu'il va souffrir ; je
crains surtout que sa foi ne faiblisse, et qu'il ne
manque de confiance en vous. Vous m'entendez,
Seigneur : exaucez-moi ! Qu'en ce point mon exemple lui profite, et que, me voyant mourir en paix, il
apprenne à vivre comme je vais mourir !

« Hélas ! j'avais souhaité de redescendre avec lui
de la montagne et de revoir nos forêts et nos vergers : vous ne l'avez pas permis ; mais vous permet-
trez que mon petit-fils les revoie. Inspirez-lui pour

cela la fermeté et la prudence nécessaires ! Qu'il soit après ma mort ce qu'il fut pendant ma vie, attentif, persévérant, courageux ! Que son père, que nos amis, n'aient pas à me reprocher de l'avoir perdu, en l'amenant ici !

« S'il doit leur être rendu, je bénis mon sort ; car, je le sens, l'épreuve à laquelle vous l'avez exposé par mon entremise lui sera salutaire ; il n'oubliera jamais les impressions qu'il a reçues dans cette demeure.

« Pardonnez-moi, Seigneur, de m'occuper si long-temps de lui ; c'est votre gloire encore que je cherche au milieu de ces tribulations, et je suis plus inquiet du salut éternel de mon cher Louis que des dangers qui pourront menacer sa vie. »

Telles furent à peu près ses paroles. Il les prononça lentement, d'une voix faible, et à des intervalles assez longs ; puis il me fit réciter les prières que je savais par cœur ; il retrouvait lui-même par moments, dans sa mémoire, des passages de la Bible et des paroles du Sauveur, et les répétait avec une ferveur et une résignation qui me faisaient fondre en larmes.

J'ajouterai une circonstance bien peu importante, mais qui augmenta encore mon attendrissement : Blanchette, surprise peut-être de voir briller la lumière à une heure inaccoutumée, se mit à bêler opiniâtrément.

— Pauvre Blanchette ! dit le mourant ; il faut que je la caresse encore une fois. Va la délier, mon enfant, et amène-la auprès du lit.

Je fis ce qu'il désirait, et Blanchette, suivant ses habitudes familières, posa sur le bord ses deux pieds de devant, cherchant s'il n'y avait rien à gruger. C'est que nous l'avions accoutumée à recevoir ainsi de notre main quelques grains de sel. Je crus faire une chose agréable au malade d'en mettre un peu dans sa main : Blanchette ne manqua pas d'y courir et de la lécher longtemps.

— Sois toujours bonne nourrice ! dit-il, en lui passant avec effort la main sur le cou ; puis il détourna la tête : je ramenai Blanchette à sa crèche et à son lien.

Depuis, le mourant ne prononça guère de paroles suivies ; seulement il me fit entendre qu'il désirait que je restasse auprès de lui, ma main dans la sienne ; je sentais par intervalles une légère étreinte, et, comme ses regards me parlaient en même temps, je compris qu'il recueillait ses dernières forces pour m'exprimer sa tendresse, et qu'il ne cesserait de penser à moi qu'en cessant de vivre.

Je lui adressai quelques mots affectueux ; alors ses regards se ranimèrent, et je vis que je lui ferais plaisir de continuer. Je me penchai donc vers lui, et je lui dis avec toute la fermeté dont je fus capable :

— Adieu, adieu ! au revoir, dans le ciel ! Je vais m'efforcer d'être fidèle à vos leçons, pour obtenir une si belle récompense. Je crois en Dieu notre père ; je crois aux compassions et aux mérites du Sauveur ; ne vous alarmez pas à mon sujet : vous m'avez si bien préparé, que Dieu seul m'est nécessaire aujourd'hui.

Ici mon pauvre grand-papa me pressa la main plus vivement ; et, faisant un effort inutile pour me répondre, il ne put exprimer sa joie que par un soupir.

— Je me souviendrai, lui dis-je encore, de tous vos conseils pour ma conservation. Pour l'amour de vous, je ne négligerai rien de ce qui pourra prolonger ma vie et me tirer de ce chalet. Adieu, mon cher grand-père ! Hélas ! vous trouverez dans le ciel ma mère et peut-être mon père : dites-leur que je m'efforcerai de suivre toujours leur exemple et le vôtre. Adieu ! adieu !

Je sentis encore une étreinte, bien faible : ce fut la dernière. Sa main, qui s'était refroidie peu à peu, laissa échapper la mienne ; il s'éteignit sans effort, sans convulsion, sans faire entendre un soupir.

Mes plus affreux moments, depuis lors, n'ont pas été les premiers. C'est quand j'ai fait lentement un retour sur moi-même, et que je me suis vu seul dans cette triste demeure auprès..,... d'un cadavre ; c'est alors que j'ai senti un frémissement involontaire, surtout quand la nuit fut revenue.

Le matin, j'avais eu assez de présence d'esprit pour monter l'horloge et pour traire Blanchette ; le froid me contraignit d'allumer du feu : cela m'occupa ; mais ensuite je tombai dans un morne engourdissement. Malheureusement, il s'éleva le soir un vent assez violent pour me faire entendre ses gémissements lugubres auxquels je n'étais plus accoutumé.

J'étais au coin du feu ; je veillais à la triste clarté du lumignon, tournant le dos au lit : peu à peu je sentis un frisson me gagner ; je n'étais plus le maître de mes idées ; mon trouble serait allé en augmentant, et il aurait pu me devenir funeste, si je ne m'étais pas avisé, pour le faire cesser, d'un moyen que l'on aurait jugé propre à l'augmenter. Je m'approchai du corps, d'abord avec contrainte, puis avec plus de résolution : je le regardai ; j'osai le toucher. Ce fut un moment pénible ; cependant je persistai, je répétai mon action plusieurs fois, et je m'aperçus que mon saisissement diminuait par degrés.

Dès lors je ne cessai pas, à de courts intervalles, de revenir auprès de cette cendre ; j'en pris les soins que les personnes accoutumées à ces offices prennent avec tant de sang-froid. L'expression de la figure était si calme et si douce qu'elle m'arrachait des larmes.

— Non, disais-je en sanglotant, la dépouille de mon vieil ami ne me fait point de peur.

Cependant mes angoisses recommencèrent, quand je sentis l'approche du sommeil : à mon âge, on n'y résiste pas. Irais-je me coucher à côté du cadavre ? Ma résolution ne me porta pas jusque-là, et je cherchai, il faut l'avouer, un bien misérable secours contre la frayeur superstitieuse que je sentais renaître : c'est auprès de Blanchette que j'allai me réfugier. La chaleur et le mouvement de la vie, que je trouvai auprès de ce pauvre animal ; le petit bruit qu'elle faisait en ruminant, me rendirent quelque assurance.

Mais pourquoi, le lumignon une fois éteint, ai-je commencé à trembler de tous mes membres ? Pauvre enfant que je suis ! Quelle sûreté est-ce que je trouvais dans cette faible lumière ? Mon souffle l'éteint, ma main la rallume, sa vie dépend de ma volonté, et j'attachais ma tranquillité à cette flamme !

Enfin le Tout-Puissant, que j'invoquai avec ferveur, eut pitié de moi ; il me rendit plus calme, et je m'endormis profondément.

Le lendemain, dès mon réveil, je commençai mes combats de la veille ; je m'occupai le plus possible de la chèvre et de mon ménage, et surtout je m'approchai fréquemment du corps ; je tins même assez longtemps dans mes mains cette tête vénérable et chère. Plus mon effroi passait, plus je sentais ma tristesse augmenter, et je me sus bon gré d'un changement si raisonnable et si naturel.

Mes pensées se portèrent alors vers les soins de la sépulture, et je me rappelai ce que mon grand-père m'avait dit. Il se présentait à moi des difficultés, qui me donnaient une inconcevable appréhension. Au reste, je repoussai pour le moment toutes ces idées. Mon grand-père m'avait parlé et, je le crois, avec une intention secrète, du danger des inhumations précipitées; je résolus donc d'attendre que la nature me forçât d'accomplir ce dernier devoir. La vive affection que j'avais pour mon aïeul m'empêcha de céder au lâche desir d'éloigner de moi le plus tôt possible un spectacle repoussant.

Le moment de retourner au sommeil fut presque aussi pénible que la veille. Je m'avisai, pour me rendre un peu de fermeté, de boire quelques gouttes de ce vin trop ménagé par le défunt.

Quand j'eus versé dans son verre la quantité qui me parut suffisante, je fus pris, avant de le porter à mes lèvres, d'un pénible serrement de cœur : — Secours inutile ! me suis-je dit ; et je me rappelais avec quel plaisir j'avais vu mon cher grand-père l'essayer pour la première fois. Le manque d'habitude, et l'extrême besoin que j'avais de me fortifier après tant d'épreuves, firent agir le vin efficacement, et j'eus encore une bonne nuit.

Le 10 janvier, j'ai essayé d'écrire mon journal : il m'a été impossible de poursuivre ; cependant, ce jour-là, dès le matin, j'étais dans une situation d'esprit bien plus satisfaisante. La prière me rendait du courage ; mon imagination se calmait peu à peu, et, comme mon grand-père me l'avait prédit, la frayeur faisait place aux regrets.

Que j'ai versé de larmes sur votre corps, mon

vénérable ami ! Je voyais pourtant la mort y laisser
des traces livides. Mes sens se seraient révoltés, si
mon cœur avait été moins occupé. Vainement j'é-
tais averti qu'il devenait pressant de vaquer à la sépulture : je ne pensais qu'aux moyens de conserver
plus longtemps ces restes chéris. Enfin, je me rap
pelai la volonté divine, si vivement exprimée dans
l'Écriture, et toujours d'accord avec la raison et la
nature : *Le corps retourne à la terre, d'où il a été
tiré.*

Je pris mes outils, et j'ouvris la porte de la laiterie.

— Ainsi, me disais-je, tu passes par tous les emplois ! Après avoir été garde-malade et médecin, te
voilà fossoyeur ! Tu vas faire toi-même les choses
que les parents évitent de voir !

Les premiers coups me rebutèrent ; je fus obligé
de m'interrompre. Ce n'étaient pas les bras qui re-
fusaient d'agir ; c'était mon esprit qui se troublait,
et qui m'ôtait l'énergie nécessaire. Chaque fois que
je frappais le terrain, un écho retentissant répondait à la voûte, construite en pierres. Il fallut m'accoutumer à ce bruit, et je consacrai la journée tout
entière à un travail qui n'aurait pas dû me prendre
plus de deux heures.

En effet le sol se trouva sablonneux et léger, et,
à la fin, je pouvais l'enlever avec la pelle, sans qu'il
fût nécessaire de le bêcher auparavant. Je profitai
de cette facilité pour creuser une fosse profonde ;
car, me disais-je, si le chalet doit être abandonné
quelque temps, soit que j'en sorte, soit que je meure
à mon tour, je dois faire mon possible pour que le
corps soit à l'abri des animaux carnassiers. D'ailleurs, le soin de la salubrité exigeait que la sépulture fût assez profonde, pour qu'il ne s'exhalât au-

cune odeur du lieu où elle était faite. Je poursuivis donc mon lugubre travail, jusqu'à ce que je fusse caché dans la fosse de toute ma hauteur.

L'horloge sonnait dix heures. La nuit était venue et ses noires pensées avec elle. Car, sans rien voir au dehors, l'idée que les ténèbres y régnaient me faisait éprouver, jusque dans le chalet, les tristes impressions de la nuit. Je n'eus pas le courage d'achever l'ensevelissement, quoique la chose fût devenue pressante. Je m'avisai, pour déguiser l'odeur qui se répandait, de brûler du foin, et de faire des fumigations de vinaigre. Mais la chèvre en fut incommodée. Ses éternuments m'avertirent qu'en prenant des précautions pour moi, je la faisais souffrir, et je m'arrêtai.

L'exercice violent que j'avais fait m'aida bientôt à retrouver le sommeil. Il ne fut suspendu quelques moments que par les caresses de Blanchette, qui semble s'arranger très-bien de m'avoir si près d'elle, et qui ne refuse point de me servir d'oreiller.

Le 14 janvier, ma première pensée, à mon réveil, fut de terminer ma pénible tâche, et, quand j'eus allumé la lampe, je sentis encore mon courage diminuer. Il fallut avoir de nouveau recours à des moyens dont j'aurais dû savoir me passer : au lieu de déjeuner, comme toujours, de lait chaud et de pommes de terre, je pris un peu de pain et de vin. Cette nourriture me rendit quelque fermeté, dont je ne pouvais faire honneur à mon caractère, mais dont je profitai sans retard. J'avais réfléchi d'avance aux moyens d'exécution, et j'avais tout préparé la veille. Je plaçai sur deux escabeaux, à côté du lit, une planche assez large et assez longue, celle-là même dont la chute m'avait fait retrouver l'*Imitation de Jésus-Christ*. Ensuite je montai sur le lit, et, pas-

sant une corde sous la partie supérieure du corps,
je réussis par mes efforts à faire glisser cette extrémité sur la planche. Je n'eus aucune peine à placer
ensuite de la même manière la partie inférieure. Je
liai le corps sur la planche, et, quand je le vis ainsi,
les mains croisées sur la poitrine, se laissant traiter
à ma volonté, et penchant tristement la tête de côté,
je me mis à fondre en larmes et à pousser des cris.

— Mon grand-père!... Vous m'abandonnez! Vous
ne m'entendez plus! Vous ne voulez plus me répondre?

Sais-je toutes les paroles insensées que j'adressai
à cette matière morte, dans les transports de mon
égarement? Il aurait duré plus longtemps peut-
être, si j'avais eu un consolateur auprès de moi; ce
qu'on m'aurait dit eût irrité et entretenu ma douleur; mais, quand je vis cette froide cendre aussi
insensible à mes plaintes qu'à mes actions, son im-
mobilité me rendit bientôt le calme dont j'avais
besoin.

J'avais préparé deux rouleaux de bois: je les plaçai convenablement, et, retirant avec précaution
l'escabeau qui soutenait le bas du corps, je fis toucher à terre doucement l'extrémité de la planche.
Malgré tous mes efforts, l'opération ne me réussit
pas aussi bien de l'autre côté, et la chute du corps
fut assez brusque pour me donner un battement de
cœur, qui me força encore de m'arrêter.

Mon cher grand-père, quand vous m'appreniez,
devant notre maison, à voiturer sur des rouleaux
un corps pesant, nous ne pensions pas que je ferais
usage de vos leçons dans une occasion si triste. Le
souvenir de ce que vous m'aviez dit alors se présenta vivement à mon imagination; je croyais encore
vous entendre; et, quand le mouvement que je don-

nal à ce funèbre fardeau agita la tête, comme si elle eût fait des signes d'approbation, je fus si saisi, que je détournai les yeux, ainsi que font, de peur du vertige, les personnes qui marchent au bord d'un précipice.

J'avais aplani le chemin : le corps fut bientôt près de la fosse. Il m'aurait été facile de l'y laisser choir : je ne pus me résoudre à le traiter avec si peu de ménagements. Deux petites planches, placées en travers, le soutinrent au-dessus de la fosse. Celle qui portait les pieds une fois enlevée, il se trouva placé dans une position oblique, après avoir fait encore une chute que je ne sus pas modérer ; une corde que je passai sous les épaules, après avoir fixé solidement un des bouts à un pieu, me permit ensuite de laisser couler doucement le corps jusqu'au lieu de son repos.

Toutes les difficultés étaient surmontées ; ce qui me restait à faire ne me donnait, quant à l'exécution, aucune inquiétude : je pus m'abandonner librement à ma douleur. Assis sur la terre amoncelée, je pleurai longtemps auprès de cette fosse ouverte. Je ne pouvais me résoudre à jeter les premières pelletées de terre.

— Avant d'accomplir ce triste devoir, me suis-je dit, remplissons de mon mieux celui du prêtre.

Je me suis agenouillé aussitôt, et j'ai cherché dans ma mémoire tout ce que je savais de prières et de passages, propres à cette cérémonie. J'ai pris l'*Imitation de Jésus-Christ*, je la connaissais assez bien pour qu'il ne me fût pas difficile d'y trouver des endroits tels que le moment me les faisait désirer, et que mon grand-père les eût lui-même indiqués.

O mon bienheureux aïeul, c'était moi seul main-

tenant qui avais besoin de consolation, et c'est avec
une joie qui approchait du ravissement que je lus,
en présence de vos restes mortels, le chapitre de
l'*homme juste et pacifique* et celui *de la pureté du
cœur et de la simplicité d'intention*. Tant de traits
pouvaient s'appliquer à vous, que l'auteur me paraissait avoir pris à tâche de vous peindre.

« Commencez, dit-il, par bien établir la paix en
vous-même, et vous pourrez ensuite la procurer aux
autres. »

— C'est ce que vous avez fait, homme juste et
bon, et votre paix est devenue la mienne.

« L'homme pacifique rend au prochain plus de
services que l'homme savant, » dit l'*Imitation*.

— Je ne peux imaginer, ô mon ami, ce qui manquait à votre savoir, quoique vous ayez cent fois
parlé de votre ignorance ; mais vous étiez si bien-
veillant et si doux, que vous me donniez un désir
ardent de vous témoigner mon amour par ma docilité, et de faire paraître ma docilité par mes progrès.

« Si vous étiez bon et pur au-dedans de vous,
ainsi s'exprime le livre, vous verriez sans nuage et
vous comprendriez toutes choses. Un cœur pur pé-
nètre le ciel et l'enfer. Chacun juge des choses du
dehors selon les dispositions de son intérieur. »

— Vous étiez bon et pur, mon grand-père, aussi
lisiez-vous dans mon cœur plus facilement et plus
nettement que moi-même. Vous avez dû me trouver souvent bien répréhensible, et pourtant votre
indulgence surpassait encore votre pénétration ;
vous aviez beau me connaître, vous ne cessiez pas
de m'aimer.

Voilà une partie des choses que je lui disais avec
tendresse. Il me semblait qu'en parlant à haute voix

je sortais de ma solitude. Le livre me répondait et
entretenait mon émotion. Enfin l'épuisement m'arrêta; je rentrai en moi-même, et je ne différai plus
ce qui me restait à faire. En un moment la fosse fut
comblée. Je passai le reste du jour à graver avec la
pointe de mon couteau l'inscription suivante sur une
petite planche d'érable :

ICI REPOSE LE CORPS

DE PIERRE-LOUIS LOPRAZ,

MORT DANS LA NUIT DU 7 AU 8 JANVIER 18..,

DANS LES BRAS DE SON PETIT-FILS LOUIS LOPRAZ,

QUI L'A ENSEVELI LUI-MÊME.

Je clouai la planche à un pieu, que je plantai sur
la tombe; après quoi je fermai la porte, et je rentrai dans cette cuisine, où je n'avais plus d'autre
compagnie que Blanchette.

Cependant, bien que je me sentisse plus à mon aise
depuis que le cadavre ne gisait plus sur le lit, je vis
bien que je n'avais pas surmonté toute ma faiblesse.
Je résolus de la combattre. Je m'étais empressé de
fermer à clef la porte de la laiterie : j'allai l'ouvrir
aussitôt, et ne la fermai qu'au loquet. Je pris aussi
avec moi-même l'engagement de faire à la tombe
des visites fréquentes, et toujours sans lumière. J'ai
commencé depuis deux jours; c'est là que je vais
prier soir et matin.

La journée d'avant-hier m'a semblé vide et fatigante. Les soins pressants qui m'avaient occupé jusque-là ne me demandaient plus les mêmes efforts, et
c'est contre moi-même que j'ai dû combattre. Je
cherchais dans le travail une distraction, que je ne
pouvais trouver; je me suivais par la pensée dans
tout ce que je voulais faire, et je ne pouvais sortir

de moi. Le soir, j'ai essayé d'écrire, et, cette fois encore, la chose m'a été impossible.

Hier, qui était le 13, l'idée m'est venue de relire ce journal, depuis la première page. On croira sans peine que cette lecture m'a vivement ému, mais je dois dire qu'elle m'a fait aussi du bien, en me rappelant, avec une force nouvelle, les leçons et les vertus de mon grand-père. Aussitôt que j'eus achevé, je sentis le besoin d'épancher ma douleur dans ce mémorial, entrepris par ses conseils. Enfin j'ai consacré la journée d'hier et celle d'aujourd'hui à rapporter le douloureux événement qui a changé si tristement mon sort.

Le 15 Janvier.

Oui, mon sort est bien changé; je m'en aperçois chaque jour davantage. Quoi donc? Je possédais un ami, et j'osais me plaindre! Je comparais ma position à celle que j'avais perdue! Combien je regrette maintenant l'état que j'ai déploré! Dieu me punit d'avoir été mécontent. Je suis seul! je suis seul! cette pensée m'a poursuivi tout le jour.

Le 16 Janvier.

J'ai passé la journée dans le même état. Dès le matin je me suis senti languissant et découragé; et je me serais couché aussi désolé qu'hier au soir, sans une circonstance, où je ne dois pas voir un miracle, puisqu'elle n'a rien que de naturel, mais qui m'a frappé, comme un avertissement de la Providence. ·

J'avais achevé ma veille silencieuse, je venais d'éteindre le feu, et j'allais éteindre le lumignon, lorsque j'ai entendu un léger bruit dans la cheminée. C'était un débris qui tombait, enveloppé de suie. La

suie s'est allumée; elle a répandu quelque odeur,
et je me suis avancé sous le canal, pour en observer
l'état et veiller à ma sûreté. Tandis que, la tête pen-
chée en arrière, je cherchais inutilement, contre les
parois, des traces de feu, une étoile brillante s'est
montrée au haut du tuyau de fer, et je l'ai vue le
traverser lentement.

Cette apparition n'a duré qu'un moment, cependant elle a suffi pour me causer une vive émotion.

Un des soleils que le Créateur a semés dans l'espace fait donc briller jusqu'à moi ses rayons, et me
visite au fond de mon sépulcre! Il me parle de la
puissance de mon Dieu! Il m'invite à l'adoration et
à l'espérance! Je n'ai pas manqué à cet appel; je
suis tombé à genoux; et, pour la première fois depuis bien des jours, j'ai retrouvé dans mon âme
cette ardeur que les leçons de mon grand-père
avaient allumée.

Le 17 Janvier.

Qu'il est difficile de conserver et d'entretenir les
salutaires impressions qu'un bon mouvement produit en nous! Je m'étais couché plein de joie, et je
me suis levé aussi languissant que jamais. Je me
rappelais à peu près l'heure à laquelle j'avais vu
l'étoile, et j'espérais la revoir aujourd'hui; mais,
soit qu'elle eût changé de position, ce que je ne sais
pas trop, soit que le temps fût couvert, je ne l'ai
pas aperçue.

Le 18 Janvier.

Tandis que mon âme cherche inutilement la nourriture qu'elle a perdue, je suis, pour le corps, dans
une abondance de biens qui ne peut me réjouir,
mais qui doit me rassurer. La portion de lait do

Blanchette que je ne bois pas me sert à faire chaque jour un petit fromage : je prends ce soin bien moins par précaution que pour me distraire. Je ne m'accoutume pas à la solitude; j'ai beau faire tous mes efforts pour rappeler et retenir le sommeil, les journées me semblent n'avoir point de fin.

Le 19 Janvier.

J'écris pour écrire. De quoi remplirai-je ce journal? S'il doit rester fidèle, il sera de la plus affreuse tristesse. J'essaie de prendre la plume, comme auparavant, et de donner un peu de mouvement à mon esprit : peine inutile! je ne peux sortir de mon engourdissement.

Le 20 Janvier.

Le malaise que j'éprouve est le plus grand que je connaisse. Mon premier trouble, quand nous fûmes prisonniers, ma frayeur lorsque les loups parurent nous assaillir, les scènes lugubres de la mort et de la sépulture de mon grand-père ne m'ont pas fait souffrir autant que l'accablement où me voilà. C'est l'ennui que je sens! Je ne connaissais pas ce supplice, auquel la prière même ne peut m'arracher.

Le 21 Janvier.

Tant que la chèvre aura une main pour la nourrir, elle ne s'inquiétera pas des vides qui se font autour d'elle; je lui suffis comme aurait fait mon grand-père, comme ferait un étranger. Elle a besoin de moi sans le savoir; elle profite de mes soins sans les reconnaître : je suis tenté quelquefois de le lui reprocher. Quelle folie! on ne peut pas être ingrat, quand on est sans intelligence.

Mais moi, qui suis éclairé de cette divine lumière, sais-je en faire l'usage pour lequel Dieu me l'a donnée? Suis-je plus reconnaissant que cette brute ignorante? Ah! malheureux, saurai-je me préserver seulement du murmure et du désespoir?

Le 22 Janvier.

Marquons cette date dans mon cahier. Elle ne me laissera pas d'autre souvenir. Que suis-je devenu?

Le 23 Janvier.

J'ai manqué de périr... d'une mort soudaine, affreuse, et j'aurais été surpris au milieu de mon coupable abattement. Dois-je encore appeler ceci un miracle? — Eh! que m'importe de savoir comment Dieu agit, pourvu que je ressente l'heureux effet des événements dont il est le maître?

J'avais remarqué, depuis quelques jours, que le temps était beaucoup plus doux, et que la fumée montait moins facilement : aujourd'hui, vers deux heures après-midi, j'ai entendu un bruit sourd, comme le roulement du tonnerre; il s'est approché rapidement; il est devenu terrible, et tout à coup j'ai ressenti une violente secousse.

J'ai poussé un cri. Quelques ustensiles étaient tombés; une épaisse poussière remplissait la cuisine : le craquement des poutres m'avait d'ailleurs averti que le chalet avait reçu un choc violent; cependant je voyais tout en bon état autour de moi.

Je suis allé faire une ronde dans les autres parties de la maison. A peine entré à l'étable, j'ai vu des traces effrayantes de l'accident; beaucoup de plâtras couvraient la terre; la muraille avait cédé; elle était visiblement sortie de l'aplomb, mais elle restait debout, une partie de la toiture avait été bri-

sée du côté de la montagne. C'était tout, et j'ai dû
en conclure que la masse qui avait causé le dommage s'était arrêtée contre le chalet. Était-ce une
roche détachée de l'escarpement qui le domine? N'é-
tait-ce pas plutôt une avalanche qui s'était formée
un peu au-dessus, à la suite de l'adoucissement de
la température, et qui, n'ayant pas encore assez de
force et de volume, n'avait pu franchir l'obstacle
opposé à sa chute?

Mon émotion a été grande : elle dure encore ; je
remercie avec ferveur le Tout-Puissant de l'avis
qu'il a daigné me donner ; puisse mon cœur se réveiller pour ne plus s'endormir! Oui, je le reconnais, cette nouvelle épreuve m'était nécessaire. Je
tombais dans un lâche abattement ; j'en suis heureusement délivré, et je vais en bénir mon Dieu sur
la tombe de mon aïeul.

Le 24 Janvier.

Le Seigneur m'envoie de nouveaux sujets d'inquiétude : la chèvre me donne moins de lait. J'avais
cru le remarquer depuis quelques jours ; à présent
je ne peux plus en douter.

Le 25 Janvier.

Mon grand-père a certainement prévu le cas où
je resterais seul ici, et m'a donné plusieurs avis,
pour m'aider à sortir d'embarras. Il me disait un
jour : « Que ferions-nous si Blanchette cessait de
nous donner du lait ? Il faudrait absolument nous
résoudre à la tuer, et nous en nourrir. »

Puis il me donna des explications sur la manière
dont nous devions nous y prendre pour conserver la
chair.

En serai-je réduit à cette cruelle extrémité?

Le 20 Janvier.

Si les choses n'empiraient pas, je pourrais être sans inquiétude. Blanchette me donne encore assez de lait pour ma nourriture. Je ne peux plus faire de fromage, il est vrai, mais j'en ai quelques-uns de provision. J'ai examiné ce qui me restait d'autres denrées, et j'ai passé le jour à calculer pour combien de temps elles suffiraient, si je n'avais pas autre chose. Cela ne va pas à quinze jours.

Le 27 Janvier.

Le lait diminue et la chèvre engraisse à mesure. Ainsi, dans le cas où son lait me manquerait, la pauvre bête se prépare à me nourrir de sa chair!

Le 30 Janvier.

Une seule idée m'occupe maintenant : serai-je réduit à la nécessité de me faire boucher? Faudra-t-il, pour soutenir ma triste vie, égorger celle qui m'a nourri jusqu'à présent? Je n'ai plus qu'une demi-ration de lait.

Le 1er Février.

Hier le lait n'a pas diminué, mais cela m'a coûté trop cher; j'avais donné à la chèvre triple mesure de sel; elle avait bu davantage : je l'ai connu à la traire. Malheureusement il me serait impossible de continuer ainsi, car, si je dois tuer ma pauvre Blanchette, le sel me sera nécessaire. Tuer Blanchette!.....

Aujourd'hui j'ai été plus économe de sel, aussi la quantité de lait s'est-elle trouvée bien moins considérable.

Le 2 Février.

J'avais ouï dire que les poules trop grasses et trop bien nourries faisaient moins d'œufs, et j'ai imaginé ce matin de réduire la quantité de foin que je donne à Blanchette, jugeant que peut-être j'obtiendrais un effet semblable. J'ai bien mal réussi. Moins bien nourrie, elle m'a donné encore moins de lait que la veille. J'ai eu de plus le chagrin de l'entendre bêler tristement la moitié du jour.

Le 3 Février.

J'ai fait une nouvelle expérience, aussi inutile que celle d'hier : j'ai voulu forcer Blanchette à manger de la paille en place de foin, imaginant que peut-être ce changement de régime amènerait un changement dans les effets de la nourriture. La chèvre ne s'est décidée que très-difficilement à ce que je voulais, et, soit dépit, soit souffrance, elle m'a donné à peine quelques gouttes de lait.

Le 4 Février.

Je ne la tourmenterai plus ; si je dois la tuer, je lui rendrai l'existence agréable jusqu'au dernier moment. Aujourd'hui elle a été abondamment repue : aussi a-t-elle été meilleure nourrice. Mais je n'espère pas que cela continue ; je laisserai agir la nature. Après avoir fait tout mon possible pour éviter ce malheur, je tâcherai de m'y soumettre.

Le 7 Février.

J'ai ajouté inutilement les prières au travail. Dieu ne m'exauce pas ; il sait mieux que moi ce qui m'est avantageux, et je me résigne à son adorable volonté. Me siérait-il de murmurer, quand je vois la joie tranquille de cette pauvre bête, dont je vais faire ma

victime? L'intelligence serait-elle pour moi un secours moins efficace que l'imprévoyance pour la
brute !

Ce n'est plus la peine de traire Blanchette deux
fois par jour ; j'ai attendu jusqu'au soir, afin d'obtenir un peu plus de lait à la fois ; mais elle se
laisse approcher difficilement. Je la fais souffrir en
pressant trop la mamelle ; l'instinct l'avertit que je
la traite mal ; elle regimbe, et me refuse le peu qui
lui reste à me donner. Hélas ! si je la fatigue de mes
efforts, c'est que je voudrais lui épargner le coup
auquel elle ne s'attend pas.

Le 8 Février.

J'avouerai m'a faiblesse ; j'ai versé des larmes aujourd'hui, en essayant inutilement une dernière
fois de traire Blanchette, et de lui demander le tribut
qu'elle m'a payé si longtemps. Quand elle a vu que
je m'arrêtais, elle m'a regardé avec défiance, comme
se tenant sur ses gardes contre une nouvelle tentative. Alors j'ai jeté mon baquet ; je me suis assis
auprès de la pauvre bête ; je l'ai embrassée et j'ai
pleuré amèrement.

Elle n'en continuait pas moins son repas, qu'elle
mêlait de bêlements entrecoupés et de regards ca-
ressants. On dit bien qu'une chèvre ne distingue
personne, et qu'elle n'a pas l'amitié jalouse et dé-
vouée d'un chien ; mais enfin Blanchette est aimable pour son compagnon ; elle se fie à lui ; elle attend
de moi la nourriture et les soins auxquels je l'ai accoutumée ; et il faudra que je lui plante le couteau
dans la gorge ! Je la ferai souffrir sans doute, étant
sans expérience ; je la verrai se débattre sous mes
coups !

Dieu a donné à l'homme les bêtes pour sa nour

riture, je le sais ; mais ce n'est pas l'offenser de nous
attacher à celles qui furent nos bienfaitrices, et qu'il
a douées d'une attrayante douceur ; je reculerai donc
le plus possible le moment de ce cruel sacrifice. Il
me reste encore des aliments pour quelques jours,
et je les ménagerai de mon mieux.

Le 12 Février.

Il m'est impossible de tenir exactement mon journal, au milieu des angoisses où je vis. Les vivres
s'épuisent ; je ne peux me réduire à des rations plus
chétives sans exposer ma santé ; Blanchette, toujours plus grasse, semble s'offrir à moi comme une
meilleure pâture : il s'en faut bien que cela me ré-
jouisse ; je ne l'ai jamais tant caressée, et je me
rends toujours plus pénible la nécessité à laquelle
je serai bientôt réduit.

Le 18 Février.

J'ai fait de nouvelles recherches dans toute la maison, j'ai fouillé la terre dans plusieurs endroits,
pour découvrir, s'il était possible, quelques provisions cachées : je n'ai réussi, par ce violent exercice, qu'à exciter chez moi la faim. L'idée que je ne
pourrai bientôt plus la satisfaire, la rend, je crois,
de jour en jour plus exigeante.

Je me suis dit : « Après quelque temps de repos,
peut-être le lait de Blanchette sera-t-il revenu. »
L'apparence n'était guère favorable à cette supposition : la mamelle, si gonflée et si pleine, il y a
quelque temps, s'est peu à peu réduite ; cependant
j'ai fait une tentative pour en tirer quelques gouttes
de lait : peine inutile !

Le 17 Février.

Le froid est devenu tellement vif depuis hier au soir, que j'ai besoin d'un feu continuel. Certes, avec cette température, je ne craindrais pas de serrer, sans autre précaution, la chair de ma pauvre victime à l'écurie, où il gèle très-fort ; mais le temps peut se radoucir. Il faut donc que je me décide sans retard ; il ne me reste plus que la provision de sel nécessaire à mon office de boucher !

Le 18 Février.

Le froid est violent ; il m'a rappelé le souvenir des loups. Rien ne les empêche maintenant de parcourir la montagne. Mon Dieu, dans la triste position où je suis, c'est la seule fin que je redoute. Si vous permettiez aujourd'hui qu'une avalanche vînt m'engloutir, je recevrais la mort comme une délivrance.

Le 20 Février.

J'ai pris une grande résolution ! Je quitterai demain le chalet. Avant de risquer ma vie, je veux écrire dans mon journal, que je laisserai sur cette table, comment je me suis décidé à prendre ce parti.

Hier matin les bêlements de Blanchette m'ont tiré d'un rêve affreux. Je me voyais, les mains ensanglantées, dépeçant les membres palpitants de ce pauvre animal ; la tête gisait devant moi, et j'entendais cependant sortir de son gosier des bêlements douloureux. C'étaient ceux qui frappaient réellement mes oreilles. Je me suis réveillé, les joues toutes mouillées de pleurs. Quel plaisir de revoir Blanchette encore vivante ! J'ai couru auprès d'elle : elle était plus caressante que jamais... Ma joie n'a pas

été de longue durée ; j'ai réfléchi que mes vivres seraient épuisés dans deux jours : il fallait me résoudre. J'ai pris un couteau, et je me suis occupé à
l'affiler sur le foyer. J'étais au désespoir ; il me semblait que j'allais commettre un assassinat, et, après
m'être avancé en chancelant pour frapper Blanchette, je me suis arrêté, saisi de remords.

Le froid me glaçait les mains : ce me fut une raison de différer encore cet acte, pour lequel j'avais
tant de répugnance ; j'allumai un bon feu, et me mis
à rêver en me chauffant.

Si les loups peuvent marcher sur la neige, me
suis-je dit tout à coup, pourquoi n'y marcherions-
nous pas aussi ?

Cette idée m'a fait tressaillir de joie ; puis la crainte
m'a saisi. J'irais me livrer à ces bêtes affamées, et,
pour ne pas faire de Blanchette ma pâture, je m'ex-
poserais à devenir celle des loups !

Et, si je tue la chèvre, me suis-je dit après, sais-
je bien si la chair me suffira jusqu'au moment de ma
délivrance ? J'ai vu quelquefois le Jura tout blanc
jusqu'à l'été : ne perdons pas l'occasion qui s'offre
à moi, pendant que la neige est glacée !... Une at-
taque des loups pendant notre course n'est rien
moins que certaine ; car, si je pars, notre marche
sera prompte ; nous descendrons en traîneau !...

Je me suis levé en sursaut à cette pensée. Ma résolution était prise, et, dès ce moment, j'ai travaillé
à l'exécution.

Deux jours m'ont suffi pour fabriquer grossière-
ment la voiture nécessaire à notre voyage. J'ai consacré à cet usage le meilleur bois qui me restait.
J'ai donné aux bases du traîneau une grande largeur, pour éviter qu'il enfonce. Je me placerai sur
le devant : j'attacherai la chèvre derrière moi, et je

lui lierai les pieds, de manière à ne lui permettre aucun mouvement. Je me placerai sur le devant. Accoutumé, dans les jeux de mon enfance, à guider un traîneau sur des pentes rapides, j'espère, s'il ne survient pas d'accident, arriver bientôt dans la plaine.

Cependant je vais me coucher avec une grande émotion. Je regarde avec attendrissement cette prison où j'ai tant souffert, où je laisserai les cendres de mon grand-père ! Je pense avec effroi à la distance du village; mais je ne reculerai pas. L'idée d'être bientôt certain du sort de mon père me donne une impatience incroyable. La voiture est prête. Voici la corde dont je lierai les pieds de Blanchette; voici la gerbe qui lui servira de lit et d'abri ; la couverture dont je m'envelopperai ; enfin voici *l'Imitation de Jésus-Christ*. Je ne m'en séparerai plus ; je veux qu'elle me suivre à la vie et à la mort. C'est avec elle que je dis dans ces derniers moments :

SEIGNEUR, JE SUIS ARRIVÉ A CETTE HEURE, AFIN QUE VOTRE GLOIRE ÉCLATE, LORSQUE, AYANT ÉTÉ DANS UNE GRANDE TRIBULATION, VOUS M'EN AUREZ DÉLIVRÉ ! QU'IL VOUS PLAISE, SEIGNEUR, DE M'EN TIRER, CAR QUE PUIS-JE FAIRE, PAUVRE COMME JE SUIS, ET OU IRAI-JE SANS VOUS?.. AIDEZ-MOI, MON DIEU, ET JE NE CRAINDRAI RIEN.

Le 2 Mars.

Dans la maison de mon père.

Je suis auprès de lui. Il vient de relire mon journal, que je n'ai pas eu besoin de laisser dans le chalet, et il me presse d'écrire la conclusion. Le trouble où je suis encore, après une semaine de bonheur, ne me laissera pas les moyens de raconter avec beaucoup d'ordre la dernière scène de ma captivité.

Les choses se sont passées bien autrement que je ne m'y attendais.

Le 24 février, le froid me parut encore plus rigoureux : je résolus donc de ne pas perdre un instant. Il fallait ouvrir un passage suffisant pour le traîneau ; mais je pouvais rejeter la neige dans le chalet, et cela me rendait le travail plus facile ; je l'entrepris sur-le-champ, et m'y livrai avec tant d'ardeur, qu'enfin, je me fatiguai. Je fus obligé de m'arrêter un instant. J'allumai du feu.

A peine la fumée venait-elle de s'élever, que j'entendis un grand bruit au dehors ; ma première pensée fut que les loups m'avaient aperçu, et qu'ils allaient me dévorer : je fermai vivement la porte. Ma frayeur ne dura pas longtemps ; je m'entendis bientôt appeler distinctement par mon nom, et je crus même reconnaître la voix. Je répondis de toutes mes forces.

Des cris de joie me prouvèrent que j'avais été entendu.

Aussitôt il se fit, du côté de la porte, un bruit confus de voix, comme de gens qui s'animaient au travail. Au bout de quelques minutes, une ouverture assez large achevait l'ouvrage que j'avais commencé.

Mon père attendit à peine que le passage fût praticable ; il s'élança dans le chalet, en poussant un cri. J'étais dans ses bras.

— Et ton grand-père ? me dit-il.

J'étais trop saisi pour lui répondre. Je le conduisis dans la laiterie. Il se jeta à genoux sur la tombe ; j'en fis autant, et, comme j'essayais de lui raconter avec détail ce qui s'était passé, il vit, à mon émotion, que cette tentative était au-dessus de mes forces.

— Plus tard, mon enfant, me dit-il. Ne nous exposons pas à un nouveau malheur. Le temps nous presse ; le retour ne sera pas facile.

Les hommes qui l'accompagnaient étaient entrés. C'étaient mes deux oncles, et Pierre, notre valet.

Tous m'embrassèrent. Ils virent mes préparatifs, qui furent approuvés. On décida de partir sur-le champ. Mes libérateurs avaient placé sous leurs pieds des planchettes armées de petites pointes. Ils en avaient apporté deux paires de surplus. Hélas ! il y en avait une d'inutile. Je me chaussai de l'autre.

Pierre fut chargé du traîneau. Les loups pouvaient venir, s'il leur plaisait : nous étions tous armés. Mon père me prit par la main, et me mit sur l'épaule un léger fusil.

— Ce n'est pas le moment, dit-il, d'emporter la dépouille mortelle de mon père. Nous reviendrons la chercher aussitôt que la saison le permettra, pour lui rendre convenablement au village les derniers honneurs.

— Vous devinez, ai-je dit, la volonté de mon grand-père.

Alors nous sommes rentrés un moment dans la laiterie ; mes oncles étaient avec nous. Après quelques instants de silence :

— Adieu ! s'est écrié mon père tout éploré. Je fais ce que vous m'auriez ordonné sans doute, en éloignant d'ici le plus tôt possible cet enfant, qui ne vous a pas causé moins d'alarmes qu'à nous. Adieu, mon père !

Nous partîmes les larmes aux yeux. La descente fut rapide, mais fatigante. Je fus surtout ébloui de la lumière du soleil et de l'éclat de la neige. Le froid était rigoureux, et je ne m'en plaignais pas : c'était ce qui m'avait sauvé. Blanchette devait la

vie à ce vent glacé qui la faisait grelotter sur son
traîneau.

Après avoir cheminé sur la neige, sans autre accident que d'enfoncer un peu de temps en temps,
nous arrivâmes à l'endroit, fort éloigné du village,
jusqu'où l'on avait ouvert le chemin, pour essayer de
venir à nous. Je fus frappé de voir l'immense travail qu'il avait dû coûter, et je compris que, sans la
gelée, je n'aurais pu être délivré de bien longtemps.

— Vous l'auriez été dès le mois de décembre, si
le froid s'était soutenu, m'a dit mon père; mais la
neige s'est amollie, et il a fallu renoncer à ce travail.
Apprends, mon cher Louis, que nos voisins n'ont
manqué ni de charité ni de zèle; mais, de mémoire
d'homme, il n'était tombé autant de neige. Quatre
fois on a ouvert la route, et quatre fois elle a été
fermée comme auparavant.

— Était-elle fermée dès le premier jour? ai-je dit
ensuite.

Alors mon père m'apprit une circonstance bien
malheureuse : il avait manqué de périr au milieu
d'un éboulement de neige, en descendant de la
montagne; on l'avait relevé mourant au bord d'un
ravin, et, à quelques pas, on avait retrouvé le bâton
de mon grand-père et ma bouteille.

On emporta mon père sans connaissance, et il fut
trois jours dans ce fâcheux état. On avait perdu ce
temps à nous chercher dans la neige au fond du
ravin. Quand mon père fut revenu à lui, il était trop
tard pour faire en notre faveur une tentative, qui
eût été déjà fort dangereuse, sinon impossible, dès
le premier jour.

Je ne parlerai pas des tourments de mon père ni
de ses efforts pour nous sauver; on avait encore plus
souffert au village qu'au chalet. Tous nos voisins,

accourus à ma rencontre, m'ont témoigné leur affection, et je rougissais d'en avoir douté.

Chacun veut voir Blanchette; on lui fait mille caresses à cause de moi. On lui réserve le meilleur foin, la meilleure litière : elle sera la plus fêtée et la plus heureuse des chèvres.

Dieu m'a sauvé la vie, et je le bénis; il n'a pas permis que mon grand-père pût revoir sa famille : cet ami, que je pleure, m'a enseigné à ne jamais murmurer contre les décrets de la Providence. Mais elle n'exige de moi que la résignation, et n'est pas offensée de mes regrets. Mon Dieu, si je vous aime, je le dois à celui dont vous m'avez séparé : faites que je vous sois fidèle comme lui, afin de le rejoindre un jour dans le ciel.

FIN DE TROIS MOIS SOUS LA NEIGE.

LES AVENTURES

du

PETIT MAURICE

Imprudence d'un bon père.

Par une belle soirée du mois de septembre, Denis Gerbin, maître maçon, prit son petit Maurice par la main et se rendit avec lui hors du village sur une colline, d'où la vue s'étendait au loin. On aperçoit de là, comme de plusieurs points de la Bourgogne, les plus hauts sommets des Alpes, lorsque le soleil se couche dans un ciel serein. Le père dit à l'enfant, après qu'ils furent arrivés dans l'endroit le plus découvert :

— Vois-tu là-bas cette pointe rose, qui brille comme une flamme? Regarde entre les branches de ce jeune cerisier; voilà l'objet encadré : tu ne peux manquer de le voir.

— Je le vois, s'écria l'enfant avec joie. Quoi donc? c'est là le Mont-Blanc? la plus haute montagne du monde?

— Non pas du monde entier, mais de l'Europe, à ce qu'on dit. C'est qu'il est bien loin de nous; il est à deux cents kilomètres; et tu sais l'effet de la distance! Du bord de la rivière, la flèche de notre clocher ne semble que la pointe d'un ciseau; une étoile n'est qu'un point dans le ciel, et pourtant elle est plus grande que la terre.

— Deux cents kilomètres, dit Maurice, et je pense qu'il n'y en a que trois d'ici à la belle campagne où tu as travaillé six semaines ce printemps!

— Eh bien, mon enfant, il nous faut prendre courage. Je vais partir pour le pays où se trouve cette montagne. Nous serons bien éloignés l'un de l'autre, et nous le serons longtemps. J'ai là-bas de l'ouvrage pour six mois, de l'ouvrage pressant et qui sera bien payé. C'est ce qui me console un peu d'être séparé de mon petit Maurice. Je veux qu'il puisse faire de bonnes études, afin d'être un jour plus habile que moi.

Gerbin n'avait pas achevé, que l'enfant avait déjà les yeux gonflés de pleurs. C'est qu'il n'avait plus ni mère, ni sœurs, ni frères. Outre son père, il ne lui restait d'autre parent qu'une pieuse cousine, qui demeurait dans le même village, et qui recueillait Maurice, lorsque Gerbin était obligé de découcher. Le bon père reprit la parole après un moment de silence.

— Notre cousine te logera chez elle; c'est convenu. Elle aura d'autant plus soin de toi, que tu lui seras entièrement confié.

Gerbin fit suivre cette nouvelle communication d'exhortations, que Maurice écouta en silence, levant la tête par intervalles, et regardant son père d'un air docile et résigné.

— Quand tu seras grand, Maurice, nous ne nous séparerons plus. J'espère bien travailler un jour sous tes ordres, lorsque nous aurons fait de toi un bon architecte. Courage! ton instituteur m'a dit que tu fais des progrès dans le dessin. Je veux que rien ne manque à ton éducation; c'est pourquoi je vais où je trouve à mieux employer mon temps.

— Ah! dit le triste Maurice, il me semble que, loin de toi, je ne saurai plus rien faire de bon.

En s'entretenant de la sorte, ils étaient revenus au logis. Une pauvre voisine servait Gerbin, sans habiter chez lui; elle faisait le ménage le matin et le soir, et se retirait quand la besogne était finie. Ils trouvèrent, en arrivant, la soupe cuite à point, et s'assirent à leur petite table, l'un devant l'autre.

Maurice eut de la peine à manger quelques cuille-
rées, et donna le reste à son chien :

— Pauvre Dragon ! lui dit-il, tu ne sais pas qu'on
nous laisse, et pour longtemps.

— Tu auras soin de lui, Maurice, et tu veilleras
sur sa conduite. Heureusement notre cousine l'aime
aussi : la pâture ne lui manquera pas.

— J'y veillerai, dit l'enfant ; je me souviendrai
toujours qu'il m'a défendu contre ce grand drôle
qui voulait m'assommer, parce que je lui refusais
l'entrée de chez nous...

Le père frémit en lui-même à ce pénible souvenir,
et dit, sans laisser paraître son émotion :

— Rien de pareil ne vous arrivera, mon ami, et
Dragon n'aura plus besoin de montrer sa vaillance.

Denis Gerbin, après avoir mis en règle ses petites affaires, recommandé tendrement son Maurice
à sa bonne cousine, partit le lendemain, avant le
jour, sans réveiller son enfant, afin d'éviter une
scène d'adieux. Le vigilant Dragon le suivit quelques moments, et revint bientôt sur ses pas avec
docilité, quand il vit que son maître ne voulait pas
de lui. Gerbin, qui croyait avoir pourvu à tout, s'é-
loignait avec chagrin, mais sans inquiétude.

Difficultés imprévues.

Les six premiers jours se passèrent tort bien ; la
cousine était contente de son petit commensal ; elle
goûtait le plaisir le plus cher aux personnes affec-
tueuses, celui de se sentir nécessaire au bonheur
d'autrui ; et ce plaisir était complet, parce que, cette
fois, *autrui* se trouvait être un enfant aimable et reconnaissant. Par malheur, l'accident le plus inat-
tendu, quoiqu'il soit fort ordinaire, vint à la traverse. Le septième jour, la bonne parente, jusque-
là d'une santé parfaite, mourut subitement. Elle
tomba assise sur une chaise, dans sa cuisine, tandis
qu'elle préparait le déjeuner. Sans faire un cri, sans
se reconnaître, elle passa. L'enfant, qui s'était levé

un peu après elle, l'aperçut, pâle et la tête renversée; il crut qu'elle se trouvait mal. Il cria, on accourut, et les voisins firent d'abord la même supposition que Maurice; mais la sage-femme, qui faisait aussi dans le village l'office de garde-malade, étant survenue, tâta le pouls de la pauvre dame, et déclara aussitôt qu'il n'y avait plus de remède, que la voisine était morte.

Maurice la pleura de bon cœur, et il eût lieu de reconnaître bientôt qu'il avait beaucoup perdu. Un voisin le recueillit de sa propre autorité, sans lui permettre de choisir son gîte. Personne n'y contredit, parce que cet homme, rude et hautain, avait réussi à se faire craindre de chacun dans la commune. Il avait quelque fortune, beaucoup de bavardage et un ton décidé, contre lequel on ne s'élevait pas sans provoquer des tempêtes. Aussi l'appelait-on *monsieur* Christin, et lui laissait-on toujours le dernier mot, si absurde que fût sa manière de voir. C'est ainsi que les faibles laissent trop souvent régner l'erreur et la vanité, quand elles font la grosse voix.

Un tyran de village.

Dans cette circonstance, Christin fut charmé de faire un acte d'autorité, en prenant le petit Maurice sous sa tutelle. Au reste, il ne croyait pas s'imposer une grande charge, présumant que, selon sa coutume, Gerbin reviendrait au premier jour. Lorsqu'il sut, par l'enfant, que l'absence du père devait durer six mois, il regretta de s'être si fort avancé.

— Où donc est-il ton père? dit-il à Maurice.

A cette question, l'enfant se trouva embarrassé, et ne put répondre catégoriquement. Suivant ses habitudes, Gerbin n'avait dit qu'à la bonne cousine le nom de l'endroit où il se rendait; il n'avait pas réfléchi qu'elle pouvait mourir et emporter son secret. On pressa Maurice de nouvelles questions; il ne put dire autre chose, sinon que son père était allé dans le pays du Mont-Blanc.

— Nous voilà bien avancés ! s'écria le voisin. La Savoie est grande. Cherchons notre homme à présent ! S'il avait moins peur de dire ses affaires, nous n'aurions pas aujourd'hui son enfant sur les bras. C'est un sournois, qui ne mérite pas qu'on s'intéressée à lui, et, si ce n'était la pitié que me fait ce petit malheureux, je le laisserais bien où je l'ai pris.

L'enfant changea de couleur, pendant que le voisin parlait ainsi en sa présence ; mais Christin avait, nous l'avons dit, la voix rude et le geste menaçant. Maurice, saisi de crainte, étouffa la réplique qu'il aurait faite, s'il n'avait écouté que sa piété filiale et son honneur également blessés.

Le lendemain il dut essuyer de nouveaux reproches, et cette fois ce fut au sujet de Dragon.

— Ton chien mange comme un loup, disait cet homme, avare autant que grossier, et je ne pense pas qu'il en fasse meilleure garde. Écoute, Maurice, cet animal n'est bon à rien chez nous ; on veut bien te nourrir, mais il faut nous délivrer de lui ; ou plutôt laisse-moi faire, je t'en épargnerai la peine. Perrin, mon fusil !

— Non, non, monsieur Christin, s'écria Maurice éploré. Laissez-moi partager avec lui ce que vous voudrez bien me donner. Je vous assure que mon père en sera reconnaissant, et qu'il vous payera la pension de Dragon, aussi bien que la mienne.

— Aussi bien ! dit le voisin, qui regarda sa femme en haussant les épaules ; et l'enfant comprit fort bien ce que cela voulait dire. Il vit qu'on croyait le nourrir par charité. Cette pensée le mortifia.

Il sortit de table brusquement. Dragon le suivit bien vite, comme s'il eût deviné de quel dessert on voulait le régaler. Les deux amis se dirigèrent vers la colline où le père avait annoncé à l'enfant son malheureux dessein. La soirée était magnifique. Maurice, après s'être placé comme la première fois, vit nettement la belle montagne entre les branches du cerisier. Il ne cessa pas de la contempler jusqu'au moment où elle pâlit et disparut dans l'ombre.

— Il est là-bas, disait Maurice, ou il y sera bientôt ; et il ne sait pas l'abandon où je suis.

A cette pensée, l'enfant, découragé, se laissa tomber sur le gazon... Le chien se coucha auprès de lui, posant sa grosse tête sur les genoux de son jeune maître, et fixant sur lui ce regard expressif avec lequel un bon chien sait dire tant de choses.

— Qu'as-tu donc ? où est-il ? reviendra-t-il bientôt ; je m'ennuie de ne pas le voir.

Ainsi parlait Dragon ; Maurice comprenait tout, et répondait par des caresses.

Tout à coup il s'écria : « On tuerait mon chien ! » et il se leva, frémissant de colère, sans savoir où porter ses pas. Enfin il se résolut pourtant à retourner chez le voisin. — Ils ne seront pas si méchants, pensait-il ; ce n'était qu'une sotte menace. Ils ne refuseront pas un peu de soupe à Dragon.

Un parti extrême.

Maurice revenait donc sur ses pas, mais lentement et avec défiance. Arrivé à une place d'où l'on dominait la maison du voisin, il porta ses regards dans la cour, à travers les branchages, et il vit distinctement l'homme qui tenait son fusil et paraissait occupé à le charger. L'enfant s'arrêta saisi d'horreur, et, retenant Dragon par son collier de cuir, il se mit à fuir de toutes ses forces, bien décidé à ne pas remettre les pieds chez Christin.

Où irait-il cependant pour se trouver hors d'atteinte ? Il eut un moment la pensée de se réfugier chez l'instituteur, et il l'aurait fait, s'il n'avait pas réfléchi que c'était un très-jeune homme, un nouveau venu, qui avait besoin de se faire des protecteurs dans la commune, et qui ne pourrait, avec la meilleure volonté du monde, le soutenir et le défendre contre le tyran que chacun redoutait.

Maurice était arrivé par un détour au bord du

grand chemin, et il se consultait encore sur ce qu'il devait faire. Dragon l'interrogeait du regard, et semblait lui dire : « Que faisons-nous ici ? » Soudain cette route, par laquelle il avait vu le maître s'éloigner, réveilla en lui un affectueux souvenir. Il poussa un soupir, il tressaillit, et, prenant l'initiative à son tour, il voulut entraîner Maurice, en disant à sa manière : « Allons le chercher ! » L'enfant comprit parfaitement ce que voulait Dragon.

— Ah ! dit-il avec regret, s'il n'était parti que d'hier, je te suivrais avec confiance. Tu le retrouverais à la trace, et nous serions bientôt réunis. Mais il y a huit jours qu'il est en marche; mon pauvre ami, à la première fourche, tu serais bien embarrassé.

En raisonnant ainsi, il contenait l'ardeur de son cher compagnon; il tournait par moments la tête vers le village, et, toujours effrayé à la pensée de l'arme funeste, il ne savait quel parti prendre, lorsque, ayant jeté les yeux du côté où le cœur l'appelait, il vit, dans cette direction, filer une étoile.

Il avait ouï dire que tout souhait formé dans l'instant du passage de la clarté céleste s'accomplissait infailliblement. En toute autre circonstance, et s'il avait eu son père auprès de lui, il n'aurait fait que rire d'une si folle croyance ; mais le chagrin, l'anxiété, l'isolement, se prennent où ils peuvent.

— Dieu, rends-moi mon père ! s'écria-t-il à la vue de la trace brillante ; et, sans plus réfléchir, il s'élance sur les pas de son chien joyeux. L'imprudente résolution était prise ; Maurice fuyait un hôte barbare ; il allait à la recherche de son père ; sans conseil et sans guide, il se décidait à sortir de France, lui qui n'était jamais sorti de son village.

Tant que dura le crépuscule, il chemina gaillardement, avec l'ardeur que donne un premier mouvement d'espérance. Le ciel avait parlé et ne le tromperait pas. Quoi de plus juste et de plus sage que de s'enfuir, pour sauver un ami tel que Dragon?

Son père ne pourrait que l'approuver. Le voyage même s'offrait à l'imagination de l'enfant comme une partie de plaisir. Que de choses il allait voir! Il n'était pas fâché, dans le fond, que le méchant voisin lui eût donné sujet de prendre la fuite. Peu à peu la nuit devint plus sombre, et les idées de Maurice changèrent de couleur progressivement. Enfin, à l'entrée d'un bois, le petit voyageur se trouva plongé dans les réflexions les plus noires.

Le premier gîte.

Il serait revenu peut-être sur ses pas, s'il avait été moins avancé, et s'il n'avait déjà laissé derrière lui de vastes solitudes. D'un autre côté s'engager dans les bois lui semblait dangereux : ayant donc aperçu, au bord de la route, une de ces huttes en terre que les cantonniers construisent pour s'y abriter quelquefois, il en fit pour ce soir son auberge, et il s'y glissa en rampant. Dragon vint se tapir à côté de son maître, qui fut bien aise de se serrer contre lui et de se couvrir de son corps.

Une fois dans sa tanière, la peur le quitta, mais aussitôt la faim se fit sentir ; car, hélas! un mal ne nous quitte guère que pour faire place à un autre. Maurice se souvint d'avoir entendu faire à sa cousine cette réflexion mélancolique ; il la fit après elle, et n'eut pas autre chose pour son souper. Dragon philosophait aussi tristement, et paraissait néanmoins près de s'endormir, lorsqu'il leva la tête brusquement et se mit à gronder.

Maurice, soupçonnant quelque aventure, et craignant d'être découvert par son chien, lui prit la gueule vivement, et, d'une petite tape sur le dos, il sut lui imposer silence. Combien il eut à se féliciter dans ce moment de l'avoir accoutumé à l'obéissance! Le chien, qui aurait pu si aisément se dégager, observa une discipline aussi exacte qu'un bon soldat sous l'œil d'un bon caporal ; il ne souffla et ne bougea plus, quoique le bruit qui l'avait éveillé fût maintenant sensible pour Maurice lui-même.

Quelques hommes s'avançaient du côté par lequel il était venu. Ils parlaient confusément. L'un d'eux portait une lanterne, et il en dirigeait la clarté de côté et d'autre, comme on le fait quand on cherche un objet égaré. Maurice devina sur-le-champ de quoi il s'agissait : on était à sa recherche. Il vit bientôt, à la distance de cinquante pas, le terrible Christin au milieu de la troupe. Juste ciel! il portait encore le fusil! et ses gestes n'annonçaient pas des intentions pacifiques. L'enfant recueillit quelques mots épars; c'étaient des menaces de mort pour le chien, des injures pour lui-même. Il se tint coi dans son gîte; le chien fut aussi prudent que lui. A quelques pas de la hutte, un des chercheurs dit très-distinctement :

— Il y a, sur la droite, des meules dans le pré, n'y serait-il pas? car il s'est bien gardé de pénétrer dans le bois.

La troupe courut dans le pré. Maurice respira; Dragon était sauvé. Toutes les meules furent visitées l'une après l'autre. On poussait des cris; or appelait Maurice. Enfin, voyant leurs peines inutiles, ces hommes s'en allèrent d'un autre côté, jugeant superflu de battre une seconde fois le même chemin. Lorsque tout fut rentré dans le silence, que Maurice sentit son cœur apaisé, battre avec moins de vitesse, il lâcha la gueule de Dragon, et, le serrant dans ses bras, il lui dit avec un débordement de tendresse et de joie :

— Mon pauvre chien, aujourd'hui je t'ai sauvé deux fois la vie!

Pour le coup l'appétit avait passé tout de bon. Avant de s'abandonner au sommeil, Maurice, encore ému des événements de la journée, joignit les mains, s'agenouilla et pria Dieu de veiller sur lui.

Le déjeuner.

Il ouvrit les yeux aux premiers rayons du soleil. Le temps était beau. Les herbes hautes, qui fermaient à moitié l'entrée de la hutte, portaient chacune leur goutte de rosée, qui reflétait les couleurs de l'arc-en-ciel. Maurice, réjoui par cette belle matinée, rendit grâce au Créateur, qui l'avait si bien gardé. Il mit ensuite la tête à la fenêtre et respira le parfum de l'air matinal; cette sensation délicieuse ne l'empêcha pas d'en éprouver une autre bien moins agréable : le pauvre enfant sentit qu'il mourait de faim.

A peine hors de sa cahutte, il jeta les yeux de tous côtés, et les objets de tentation ne lui manquèrent pas. Des pommiers bordaient la route, et leurs branches, pliant sous le poids, semblaient l'inviter à cueillir les plus belles pommes qu'il eût vues de sa vie. « Plutôt jeûner que de voler, » se dit-il aussitôt, en se rappelant un proverbe de son père. Il aurait cru se rendre indigne de le revoir, s'il s'était permis de toucher au bien d'autrui, dans le temps qu'il allait, sous la garde du ciel, à la recherche de ce bon père.

Une idée vint à son secours, et ne l'aida pas médiocrement à surmonter la tentation. La forêt était proche ; il y aurait peut-être quelques fruits sauvages à récolter. « Pour cela, dit-il, je ne m'en ferai pas scrupule ; il m'est permis de prélever ma part sur celle des oiseaux, des mulots et des écureuils. «

Il alla donc, ou plutôt il courut, à la lisière du bois. Il y trouva des noisetiers en abondance. Le lieu était écarté et solitaire : Maurice ne fut pas réduit à glaner, il moissonna. Les noisettes étaient parfaitement mûres ; le plus léger attouchement les détachait du calice. Il lui suffisait même, quand les branches étaient hautes, de les secouer, pour faire pleuvoir les brunes avelines. Il en mangea d'abord assez pour avoir ensuite la patience d'en faire une provision. Il ne pouvait assez vite casser, éplucher, avaler. Dragon le regardait faire et poussait des soupirs significatifs. Maurice n'avait pas eu besoin de l'entendre se plaindre pour penser à lui. Il essaya de lui faire partager son frugal déjeuner. Dragon jetait un regard dédaigneux sur les noisettes, qu'on lui servait tout épluchées; il en mangea pourtant cinq ou six par complaisance, mais il ne put aller au delà, et l'enfant se mit à dire tristement : « Ne l'aurai-je sauvé des coups de fusil que pour le voir mourir de faim ! »

Là-dessus il retournait à sa récolte, quand une apparition subite le fit tressaillir et reculer. Une superbe couleuvre, allant chercher le soleil, se glissait sans bruit sous les feuilles, et, malheureusement pour elle, Maurice ne fut pas seul à la voir. Dragon l'aperçoit, fait un bond rapide, la saisit héroïquement par le milieu du corps, l'égorge et l'avale, après l'avoir brisée sous ses dents frémissantes. Une faim pressante le pouvait seule contraindre à faire une chère si étrange; cependant, lorsqu'il fut au bout, il regarda son maître d'un air satisfait, et, branlant la queue et se léchant les babines, il semblait lui dire: « Cela vaut mieux que tes noisettes.»

Remis de l'émotion que cet incident lui avait causée, Maurice recommença la cueillette. Il n'était pas sûr de trouver souvent de telles aubaines. Aussi, quand il fut bien repu, il emplit ses poches, son mouchoir, son chapeau, regrettant fort de n'avoir pas un sac ou un panier pour faire une plus grande provision.

Scrupules.

Enfin il se mit en marche et traversa une vaste forêt. Au bout de quelques heures, il se crut hors d'atteinte, et, tranquille sur le sort de Dragon, il commença à s'alarmer sur lui-même. « Fais-je bien de m'exposer ainsi pour sauver mon chien ? Si mon

père savait cela, comme il serait inquiet ! » Ces réflexions pénibles agissaient sur Maurice avec assez
de force pour lui faire ralentir sa marche ; elles l'arrêtaient même quelquefois, mais elles ne pouvaient
le ramener en arrière. « M'éloigner de lui ! aller par
ici quand il est là-bas ! Me livrer au méchant Christin, pour l'entendre encore dire du mal de mon père!»

Maurice, inquiet et troublé, faisait ces réflexions
en mettant toujours un pied devant l'autre. Il ne se
jugeait pas à l'abri de tout reproche, mais il se
croyait beaucoup plus à plaindre qu'à blâmer. Il se
disait : « Mon père m'a parlé quelquefois de ces
mauvais sujets qui s'échappent de la maison paternelle et vont courir le monde ; mais je ne suis pas
un de ces méchants vagabonds ; je n'ai plus de
maison paternelle ; un malheur affreux m'a laissé
seul et sans refuge, et c'est vers mon père que je
vais. »

Alors l'enfant précipitait sa marche ; il avait hâte
d'arriver, pour se soulager de la responsabilité qu'il
avait prise en se mettant seul en voyage, sans consulter personne. C'est ainsi qu'une bête de somme,
trop lourdement chargée, presse le pas afin de se
délivrer plus vite de son fardeau ; et pourtant il avait
beau courir, la conscience ne restait pas en arrière ;
elle ne cessait de lui crier au fond du cœur : « Arrête ! arrête ! tu fais mal ! »

Il comprit enfin que, tout en cédant à un louable
sentiment de pitié pour un pauvre animal, il se
rendait coupable de désobéissance et de témé-
rité, et qu'il aurait dû tout souffrir, même la mort
de son chien, plutôt que de quitter le village où
son père, l'avait laissé et pensait qu'il fût encore. Maurice distingua le mal caché sous de belles apparences, et sa faute lui parut aussi claire que
le jour.

Il y avait dans cet endroit une fontaine au bord
de la route. L'enfant s'assit auprès pour aviser à
ce qu'il devait faire, après qu'ils se furent désalté-

rés lui et son chien. « Ne pourrais-je pas accorder tout, se dit-il enfin, sauver Dragon et rentrer dans le devoir ? Dragon est un beau et bon chien, il est jeune, il peut s'accoutumer à un nouveau maître. Je veux lui en chercher un dans le voisinage. Quelque fermier le prendra volontiers à son service ; je retournerai seul chez Christin, je me mettrai à sa disposition et souffrirai tout de lui, jusqu'à ce que j'aie pu informer mon père du malheur qui nous est arrivé. »

Lorsqu'il eut pris cette résolution Maurice fut bien soulagé.

Ce que c'est de bien faire ! la récompense arrive sur-le-champ. Nous ne voyons pas Celui qui la donne, mais, à coup sûr, Il est là, puisqu'Il ne manque jamais d'approuver un bon mouvement du cœur. Pendant ce conseil secret tenu par l'enfant avec lui-même, Dragon lui avait fait mille caresses comme pour le gagner et le séduire, et Dragon avait été vertueusement sacrifié.

— Tu m'oublieras bientôt, lui disait doucement le triste Maurice ; ceci est pour ton avantage autant que pour le mien. Qui sait où ces aventures nous auraient menés ? Viens, mon pauvre Dragon, viens chercher un nouveau maître : il faut nous séparer.

Tout cela se disait avec un redoublement de caresses ; l'imprévoyant Dragon prenait tout gaiement et folâtrait avec son ami désolé.

Nouvelles alarmes.

Dans ce moment ils virent arriver du côté de leur village un jeune garçon monté sur un bon cheval. Maurice le reconnut d'abord pour un de ses voisins. C'était un joyeux compagnon ; de ces gens qui, sans méchanceté, se plaisent à faire des malices : qui nuisent au monde étourdiment, et surtout sont fort enclins à se jouer des simples et des enfants. Il reconnut notre voyageur et poussa un cri de surprise

— Ah! te voilà donc, mon pauvre Maurice! Où
vas-tu ?

— Tu le vois bien, j'allais devant moi.

— Je ne te conseille pas de pousser plus loin par
la grand'route. Cette nuit, ils ont envoyé ton signalement à la ville pour demander que la gendarmerie
t'arrête et qu'on te garde en prison jusqu'à ce qu'on
les ait avertis. C'est un terrible homme que M. Christin, et il est furieusement en colère contre toi. Ils
disent que c'est par rapport au chien que tu t'es
échappé, mais que ça ne t'arrivera pas deux fois.
Gare ce qu'ils te réservent ! un cachot! le pain et
l'eau peut-être ! Je ne voudrais pas être dans ta peau.

En parlant ainsi, pour effrayer Maurice, le jeune
voisin, qui avait eu assez de peine à contenir son
cheval, poursuivit sa route au galop, faisant encore
au fugitif des gestes animés, pour le presser de se
mettre à l'écart. Cette rencontre inattendue troubla
de nouveau le malheureux enfant. Être arrêté par
les gendarmes ! être jeté en prison! et sans savoir ce
qu'on lui gardait ensuite ! Il y avait de quoi bou-
leverser notre petit voyageur. Aussi se mit-il à fuir
à travers champs, comme s'il avait eu à ses trousses
tous les gendarmes du pays. Il osait à peine regarder par moments derrière lui, pour voir si l'on n'é-
tait pas sur sa piste. Il cherchait les lieux couverts,
se glissait le long des haies, enjambait les fossés,
perçait les taillis, frémissant du bruit qu'il faisait
lui-même en froissant les rameaux. Ayant aperçu
au milieu d'une chenevière, un mannequin, bizarre-
ment affublé d'un vieil habit d'uniforme, qui s'était
fané sous le soleil d'Afrique, et qui faisait sa dernière campagne dans les cultures de Bourgogne,
Maurice faillit tomber de frayeur, parce qu'il crut
voir un gendarme en embuscade. Dragon courait
aussi vite que lui, en faisant entendre des aboiements qui le désespéraient ; c'est que le fidèle animal, voyant le trouble de son maître, le croyait menacé du plus grand péril.

5

Les bonnes petites filles.

Les gens qui ont peur font assez souvent peur aux autres. Maurice, dans sa course désordonnée, passa tout près d'une prairie où deux jeunes filles gardaient un troupeau de vaches. La plus petite des deux bergères, surprise par les rauques aboiements et l'apparition soudaine de Dragon, s'enfuit épouvantée en jetant elle-même les hauts cris. A l'instant tout le troupeau fut en l'air ; les vaches, effarouchées, beuglaient, bondissaient, fuyaient de toutes parts, la queue levée, et les naseaux fumants. Maurice, justement alarmé cette fois du mal que Dragon pouvait faire, l'appelait de toutes ses forces, lorsqu'une vache, plus hardie que les autres, osa tenir tête au perturbateur de la paix des pâturages. Une lutte sanglante allait s'engager. Maurice n'hésita pas à se jeter entre les combattants, au risque de recevoir le coup destiné à son chien. Grâce à cette intervention courageuse, l'alarme fut aussi courte qu'elle avait été vive. La petite fille, rassurée, cessa de fuir ; elle revint sur ses pas, à la prière de Maurice, et caressa Dragon, qui lui lécha les mains.

Le maître et le serviteur s'assirent auprès des petites bergères. Ils avaient besoin de reprendre haleine après la traite qu'ils venaient de faire. Maurice ne s'aperçut qu'alors que son chapeau et son mouchoir étaient vides, et qu'il avait perdu toutes ses noisettes, excepté celles qui étaient dans ses poches. Il les offrit à la petite fille, en réparation de la frayeur que Dragon lui avait faite, et il exprima ses regrets de n'en avoir pas davantage.

L'enfant lui dit à son tour :

— Nous avons des pommes de terre cuites sous la cendre : je veux que vous en goûtiez.

Elle en tira quelques-unes du feu et les présenta à Maurice, qui les accepta sans se faire presser.

A mesure qu'il en détachait la peau, Dragon happait avidement les moindres parcelles, et de son côté l'enfant se mit à manger avec tant d'appétit, que les petites filles le remarquèrent.

— Vous avez bien faim tous deux ! s'écrièrent-elles, et il répondit :

— Ne vous en étonnez pas ; je n'ai mangé de tout le jour que des noisettes ; pour lui, il a déjeuné d'un serpent.

— Un serpent ! dit la petite fille avec effroi.

— Des noisettes ! reprit l'aînée en joignant les mains ; et sans en écouter davantage, elle courut prendre une assez grande écuelle d'étain dans un panier caché sous la haie voisine ; elle appela sa chèvre et se mit en devoir de la traire.

Maurice, la voyant à genoux, accourut pour l'arrêter, lui disant :

— Que penserait votre père ?

— Mon père n'est plus avec nous, dit la jeune fille en levant les yeux vers Maurice ; mais Dieu nous a laissé une bonne mère ; ne craignez rien pour moi. Elle nous abandonne, pour notre usage, le lait de cette chèvre, et nous apprend, par son exemple, à partager avec ceux qui ont faim et soif. Mettez dans ce lait les pommes de terre que ma sœur vient encore de vous préparer, cela va bien ensemble.

Les petites bergères continuèrent de jaser, pendant que le famélique Maurice, sans se faire presser davantage, mêlant le solide au liquide, faisait un des plus friands repas qu'il eût fait de sa vie. Les deux sœurs le regardaient avec des yeux brillants de joie. Chaque fois qu'il portait la cuiller à ses lèvres, c'était quelque nouveau geste de plaisir ou quelque pitoyable exclamation :

— Des noisettes ! quel déjeuner !

Lorsqu'il eut vidé l'écuelle, on voulut la remplir une seconde fois ; il ne le souffrit pas : et, comme les bonnes petites filles le pressaient encore, il leur dit :

— Puisque vous êtes si charitables, faites pour mon chien comme pour moi. C'est à cause de lui

que je cours le pays ; il me cause beaucoup de chagrins, et pourtant je l'aime toujours davantage.

Aux premiers mots de Maurice, la jeune fille
avait repris l'écuelle. Il y eut encore de quoi la
remplir dans la mamelle de la chèvre ; la petite
était retournée à son foyer et en avait tiré les dernières pommes de terre. Le chien fut régalé comme
le maître ; il eut les honneurs de l'écuelle et mangea fort bien sans cuiller.

Les deux voyageurs étant convenablement res-
taurés, leurs bienfaitrices désirèrent savoir ce qui
leur faisait ainsi courir les champs. Maurice répondit avec le plus entier abandon ; il fit tout le détail
de son histoire aux petites bergères, sans rien dis-
simuler. Ce n'était pas seulement pour leur com-
plaire ; c'est aussi qu'il avait besoin de s'épancher,
et qu'il espérait trouver dans l'aînée des jeunes
filles une bonne conseillère. Malheureusement, en
lui faisant le récit de son départ et de sa fuite, il
l'intéressa trop vivement à ses peines ; il sut trop
l'indigner contre le méchant voisin, lui faire trop
de peur des gendarmes, pour qu'elle pût sentir et
penser autrement que lui. Sans le vouloir, il avait
séduit son juge, et il n'en put tirer, au lieu de
sages conseils, que des condoléances, des : « Ah !
mon Dieu ! c'est affreux ! qu'il est à plaindre ! » Si
bien que Maurice en fut confirmé dans la pensée de
fuir.

— Viens te cacher dans notre ferme, disait la
petite ; nous te garderons jusqu'au retour de ton père.

Maurice la remercia doucement ; mais sans s'arrêter à cette naïve proposition, il dit à l'aînée, en
lui montrant du doigt une colline qui s'élevait à
quelque distance :

— Voit-on le Mont-Blanc de là-haut ?

— Je ne suis jamais allée là-haut, répondit-elle,
et n'avais jamais entendu parler du Mont-Blanc
avant de vous avoir vu.

Là-dessus Maurice se leva ; il toucha la main aux

deux petites bergères, les remercia encore une fois de leur bon accueil, et prit congé d'elles, à leur vif regret. Ils étaient déjà bien éloignés les uns des autres, qu'ils se saluaient encore du geste et de la voix.

Solitude.

Le soleil venait de disparaître, quand Maurice arriva au haut de la colline. Il s'orienta fort bien, ayant appris de son père cette pratique, si souvent indispensable. Lorsqu'il eut le couchant à sa droite, un peu en arrière, il regarda vers le sud-est. Des nuages, couchés à l'horizon et figurant une chaîne de montagnes, lui dérobaient la vue de l'objet qu'il cherchait avidement. Il eut longtemps les yeux fixés sur ces masses, colorées par les derniers rayons du soleil ; il espérait les voir enfin s'entr'ouvrir ou s'élever, pour laisser paraître les monts de la Savoie ; les nuages ne se déplacèrent point. Il contemplait avec une morne tristesse ces vapeurs amoncelées, qui présentaient à son imagination mille fantômes bizarres ou menaçants. L'ombre, qui montait de la terre, le silence, toujours plus grand, qui se faisait autour de lui, et les cris des oiseaux sauvages, qui se retiraient dans les forêts voisines, l'isolement où il se trouvait dans un pays inconnu, le pénétrèrent de frayeur et d'angoisse. Il cherchait des yeux un refuge où passer la nuit, et regrettait trop tard l'asile que la petite bergère lui avait offert. Aucune maison ne paraissait à sa vue. D'ailleurs l'idée que son signalement était proclamé lui causait une vive appréhension ; les hommes lui étaient devenus suspects, et cependant la solitude oppressait son cœur. « Ah ! mon père ! ah ! mon Dieu ! disait-il d'une voix étouffée ; que vais-je devenir ? »

Il vit, non loin d'une forêt de chêne, une meule de foin, qui se dressait comme une grande ombre dans une prairie écartée. S'étant dirigé de ce côté : « Ils ne viendront pas me chercher jusque-là ! se dit-il, en se rappelant ses craintes de la veille. Il réussit à se faire, du côté le moins exposé au vent, une loge assez commode, pour lui et son fidèle compagnon. Leur lit était meilleur, mais leur abri moins bon que la nuit précédente. Un vent orageux soufflait par bouffées à leurs oreilles, cependant ils s'étaient trop fatigués toute la journée pour ne pas trouver bientôt le sommeil.

Une bonne action.

A son réveil, Maurice put voir qu'il était dans un beau pays; les cultures étaient riches et variées; partout des prairies, des vignes, des champs, des vergers. Il apercevait dans le lointain de beaux villages à travers les arbres. La fumée, indice du premier repas, s'élevait en légères colonnes au-dessus des feuillages. Les tables de famille allaient s'animer dans toutes ces demeures, et nulle part Maurice n'était attendu. Le son des cloches lui rappela que c'était dimanche, et il regretta plus vivement que de coutume de ne pouvoir assister à l'office divin. La frayeur de la police le poursuivait toujours.

Il suivait avec précaution les routes écartées, et se disait tristement, en regardant les haies : « Il y a grande apparence que je ne déjeunerai pas seulement aussi bien qu'hier. Pas une noisette à tous ces buissons ! » Faute de mieux, il cueillait çà et là quelques mûres. Dragon s'était mis à chasser en suivant son maître. Tout à coup Maurice le vit, le nez en terre, flairer, au bord du chemin, un objet qui se trouva être une bourse de cuir. Il y avait dedans un peu de monnaie, six pièces de cent sous et deux pièces de vingt francs. O fortune !

Quand Maurice eut bien compté la somme, tourné et retourné dix fois les pièces d'or, il fut, après la première joie, dans un grand embarras. Il se dit avec simplicité : «Mon devoir serait d'aller faire ma déclaration au maire de la commune, de lui remettre cette bourse et de passer mon chemin; mais, s'il connaît la publication faite contre moi, il ne me fera pas grâce de la prison, et ne pourra pas me préserver des mauvais traitements que mon persécuteur me prépare. »

Après y avoir bien réfléchi, l'enfant sut prendre un parti fort sage, et qu'on pourrait conseiller à bien des gens en pareille rencontre; ce fut d'attendre sur la place même ce qui pourrait arriver. « Car, se disait-il, celui qui a perdu cet argent ne manquera pas de s'en apercevoir bientôt. On ne va pas loin, disait la bonne cousine, sans fouiller dans sa bourse. L'homme reviendra sur ses pas; je distinguerai bien à sa mine celui qui a fait cette perte, et je ne risquerai pas de donner ma trouvaille à un fripon. »

Ces bonnes pensées décidèrent notre voyageur à se mettre aux aguets; mais, attentif à sa propre sûreté, en même temps qu'aux intérêts du maître de la bourse, il se cacha derrière les buissons pour attendre l'événement. Il était là depuis deux heures, sans avoir encore vu personne; il mourait de faim, et voyait Dragon souffrir autant que lui; cependant le devoir tenait Maurice à son poste. Il disait : « Si je m'éloigne, l'homme peut venir, et j'aurai perdu ma peine, comme lui son argent. »

Enfin il vit s'approcher d'un pas tranquille un vénérable ecclésiastique, appelé sans doute par son ministère dans le voisinage. Cette rencontre fit changer à l'enfant de résolution. Il sortit de sa cachette et s'avança modestement au-devant du pasteur.

— Monsieur, lui dit-il, je viens de trouver ici une bourse. Il y a dedans beaucoup d'argent et deux pièces d'or. J'attendais ici que l'homme qui l'a perdue vînt à la recherche. Il m'est impossible de m'arrêter plus longtemps. Ayez la bonté de recevoir cette bourse; vous ferez bien mieux que moi ce qui sera nécessaire pour qu'elle retourne à son maître.

— Et s'il ne se retrouvait pas, mon enfant?

— Eh bien ! Monsieur, vous donnerez cela à vos pauvres.

— Aimable enfant ! Il sera fait comme vous le désirez. A Dieu ne plaise que je vous détourne de faire une si bonne œuvre ! Cependant je suis sûr que le maître m'approuvera, si je vous prie de recevoir votre part.

— Il n'y a rien à moi là-dedans, Monsieur.

— Quoi ! vous n'accepterez pas même une de ces pièces de cent sous?

— Non, Monsieur ; cependant, s'il vous plaît de récompenser celui qui a fait la trouvaille (Maurice montrait Dragon), il n'a pas encore déjeuné, et j'ai vu dans cette bourse quelques petits sous : je les recevrai volontiers pour lui acheter du pain.

L'ecclésiastique eut beau presser Maurice, il ne voulut rien de plus, et, après avoir fait un salut respectueux, il s'éloigna bien content, avec six sous dans sa poche.

La soupe aux choux et les bons conseils.

Il aperçut bientôt une pauvre cabane, située à l'écart, au milieu des champs. Il espéra que les bruits de la ville et du grand chemin n'auraient pas été jusque-là, et il osa se présenter pour acheter du pain. Il trouva la famille à table. Une vapeur grasse, qui s'élevait des assiettes, et l'odeur de la soupe aux choux, saisirent vivement l'odorat de l'un et l'autre pèlerin. Cependant Maurice bornait son ambition à recevoir, contre ses espèces, un morceau du gros pain bis qu'il voyait au bout de la table, à moitié recouvert d'un linge grossier. Il fit sa demande d'une voix mal assurée, en laissant paraître à demi les petits sous hors de sa poche.

Un homme d'une figure vénérable, lui répondit :

— Nous donnons quelquefois un morceau de pain à l'étranger qui passe, nous ne le vendons jamais.

— C'est que nous sommes deux, reprit timidement Maurice, en montrant son chien, qui avançait la tête avec précaution, et flairait la fumée du repas champêtre.

— Bien ! mon enfant, il ne faut pas oublier ses amis ; ton bon cœur me plaît, et vous y gagnerez l'un et l'autre..... Femme, donne-leur la soupe que tu réservais pour ce soir. Cet enfant n'est pas accoutumé à demander. A voir comme il aime son chien et comme son chien l'aime, je prends bonne opinion de lui.

Pendant que l'honnête paysan faisait ces moralités, et bien d'autres encore, qui sentaient son Salomon de village, Maurice et Dragon, qui déjeunaient à midi avec un appétit tout neuf, travaillaient à qui mieux mieux, chacun de son côté. Le pain et le fromage comblèrent les vides que la soupe pouvait avoir laissés dans l'estomac de Maurice. Après avoir rempli si généreusement les devoirs de l'hospitalité, le paysan se crut en droit de faire causer son hôte. Il le questionna sur le sujet qui lui faisait ainsi courir le pays.

Maurice se contenta de répondre qu'il allait rejoindre son père, étant resté subitement sans asile et sans ressource par la mort d'une bonne parente. Cette confidence étant à peu près la seule qu'il crût devoir faire, il s'étendit en revanche sur les détails de cette mort foudroyante, espérant de satisfaire ainsi la curiosité de son hôte. L'enfant ne put toutefois échapper à une seconde question :

— Où est-il ton père ?

— En Savoie, répondit Maurice, qui avait appris heureusement chez Christin, que c'était le pays où se trouvait le Mont-Blanc.

— En Savoie ! c'est un bien long voyage... Et tu vas, comme cela, tout seul ?

— Avec Dragon.

—C'est quelque chose; j'imagine que ton chien ne te laisserait pas maltraiter sans desserrer les mâchoires ; mais enfin as-tu de l'argent; as-tu des papiers?

— J'ai six sous, puisque vous ne les voulez pas ;
je n'ai point de papiers, et je ne sais pas ce qu'on
peut en faire en voyage ; je vais à la garde de Dieu.

— C'est la meilleure ; mais aux frontières ça ne
suffit pas.

— Aux frontières ?

— Oui, aux frontières. On dirait que je te parle
allemand ! Mon ami, il faut que tu saches qu'on ne
sort pas de France, qu'on n'y entre pas comme à
l'église ; il faut dire qui l'on est, et le prouver par
des papiers en règle. Il y a une police ; et plût à
Dieu qu'elle fût plus sévère, pour nous délivrer de
tous ces vagabonds, si fâcheux pour les maisons fo-
raines ! Je ne dis pas cela pour toi, mon ami ; cependant figure-toi la honte qu'il y aurait d'être con-
fondu avec les échappés du bagne, et de se voir
mener d'étape en étape entre deux gendarmes !

A ce mot fatal, le pauvre Maurice frémit de tout
son corps. Le paysan, qui attribua cette émotion
soudaine à sa seule éloquence, dit à l'enfant, en lui
posant la main sur l'épaule :

— Mon fils, retourne dans ton village ; il n'y a
rien que cela de bon pour un enfant comme toi.
Rappelle-toi ce dicton de nos grands-pères : « Qui
court trop tôt les grands chemins ne fit jamais bonne
fin. »

Maurice recueillit ce proverbe d'un air docile et
reconnaissant ; il salua et remercia de bon cœur le
paysan charitable. Cependant il se retirait avec une
nouvelle inquiétude. Il voyait maintenant devant
lui le même danger que derrière : partout des sa-
bres et des carabines à fuir. Cette frontière s'offrait
à son imagination comme une barrière, une muraille à franchir. Il voyait une vaste porte flanquée
de tours, et, dès deux côtés, des uniformes menaçants, des mains levées, prêtes à saisir le malheureux au passage. Frappé de ces images, il cheminait à pas lents, incertains ; sans prendre garde
à Dragon qui marchait silencieusement sur sa trace.

Maurice fait une mauvaise connaissance.

Il était résolu à ne pas pousser plus loin ce jour là. Il jetait donc les yeux de côté et d'autre, cherchant à découvrir quelque retraite où il pût passer la nuit prochaine. À ce moment une voiture arriva près de lui. Elle était conduite par un petit vieillard au nez crochu, aux yeux louches, aux lèvres pincées, quelques cheveux gris flottaient en longues mèches sur ses épaules voûtées ; il était coiffé d'un feutre sans couleur et sans forme précises : le vêtement répondait à la coiffure, enfin, pour la toilette, le vieillard n'en devait guère à un mendiant. Il avait toutefois dans ses façons quelque chose d'insinuant, qui pouvait séduire une personne sans expérience. Il regarda Maurice en souriant, lui fit un petit salut, et il allait passer outre, lorsqu'il s'arrêta, comme frappé d'une pensée subite. Il observa curieusement le jeune voyageur et lui demanda où il allait.

Maurice ne le savait plus guère, car, à mesure qu'il avançait, son courage allait diminuant, et, d'un autre côté, il ne pouvait penser sans frémir à retourner chez Christin. Plus le temps s'écoulait, plus il supposait que sa colère était grande. Il répondit en conséquence avec assez d'embarras à la question du vieillard. Quand cet homme sut enfin quelles étaient, ou plutôt quelles avaient été les intentions de Maurice, il lui dit que l'accomplissement d'un tel projet était la chose du monde la plus facile, et que, s'il voulait seulement le suivre, il serait bientôt en Savoie, son intention à lui-même étant de se rendre dans ce pays.

Maurice fut bien joyeux d'apprendre une si bonne nouvelle ; il exprima cependant ses craintes. Point de papiers ; les gendarmes ; il serait arrêté comme un vagabond. Le vieillard le rassura ; il applanit toutes les difficultés ; il dit ensuite à l'enfant :

— Tu voyages avec un chien, mon ami, et moi avec douze, comme tu peux voir.

En effet, plusieurs chiens, juchés sur la voiture, mettaient de tous les côtés le nez à la fenêtre : il y en avait une collection : le caniche, le doguin, le carlin, la levrette, y figuraient ; c'étaient des chiens savants. Le maître vivait de leur science, en la produisant de lieu en lieu. Après avoir donné ces explications, il revint à ses offres obligeantes.

— Si tu te joins à moi, mon enfant, ta nourriture est assurée ; les talents de mes petits acteurs suffisent pour nous faire vivre honnêtement. J'ai des papiers en règle et tu passeras par-dessus le marché. Je te présenterai comme un petit serviteur à moi. Qui sait si je ne pourrai pas te remettre moi-même entre les mains de ton père ? Vois-tu comme ton chien se familiarise déjà avec les miens ? Ils feront bon ménage et nous aussi.

Pendant que le vieillard parlait ainsi du ton le plus caressant, les chiens se partageaient avec lui l'attention de Maurice ; leurs attitudes, leurs gambades l'amusaient. Comme il avait ouï parler de chiens savants, sans en avoir jamais vu, il était vivement séduit par l'attrait d'un si curieux spectacle. Le maître vit bien qu'un de ses élèves achèverait facilement ce que ses paroles avaient commencé. Il prit une petite levrette et la posa par terre. Sur son ordre, elle se mit à danser avec tant d'adresse, que Maurice en fut émerveillé. Grands ou petits, nous nous laissons quelquefois gagner à peu de frais. Quand la danseuse eut achevé son menuet, l'enfant la caressa et dit au vieillard :

— J'irai avec vous.

Le rusé bateleur, pour faire goûter à Maurice sa nouvelle position, lui dit :

— Nous allons monter en voiture ; il y a déjà longtemps que je ménage mon petit cheval, et tu ne seras pas fâché, je pense, de te reposer. Allons, Brusquet, il faut que nous arrivions avant la nuit au premier village.

Humiliation.

Ils se placèrent côte à côte sur le siége. Dragon suivait à pied, tout surpris de voir son maître si haut perché. Maurice ne se doutait guère des projets que le vieillard méditait depuis un moment. Cet homme n'avait pu retenir auprès de lui un petit serviteur, qui le secondait dans les spectacles qu'il donnait aux villages de Bourgogne. Des querelles, ordinaires aux gens de cette sorte, avaient brouillé le maître et le valet. Maurice devait hériter de l'emploi. Qu'auriez-vous dit, honnête et laborieux Gerbin, si vous aviez su ce qu'allait devenir votre Maurice? Celui dont vous songiez à faire un architecte irait de lieu en lieu faire danser des chiens pour amuser les badauds! si vous eussiez vu votre enfant jouer ce rôle ignoble et ridicule, quelle douleur et quelle confusion pour vous!

Sans se douter qu'on songeât à lui faire un métier de ce passe-temps qui l'amusait en chemin, il se prêta dès le premier jour à ce que voulut le père Frisquin; c'est ainsi qu'on nommait ce vieux rôdeur. Il était connu dans la contrée, et, quand les enfants le voyaient arriver, c'était pour eux un grand sujet de joie. Plusieurs portèrent envie à Maurice, lorsqu'ils le virent, coiffé d'une toque rouge, affublé d'une veste galonnée, faire exécuter à la petite troupe ses évolutions en jouant du tambour de basque.

Chose remarquable! Dragon parut sentir l'humiliation à laquelle son maître se condamnait. La première fois qu'il le vit habillé de cette folle livrée, il aboya contre lui, comme s'il n'avait pas voulu le reconnaître. Maurice essaya inutilement de lui imposer silence par ses paroles, et, quand il eut recours aux moyens de rigueur, le pauvre chien s'éloigna de lui, triste et confus, en lui adressant des regards où se peignaient le reproche et le mécontentement.

Cependant Maurice oubliait tout, pour le plaisir d'admirer les gentillesses. des savants élèves de Frisquin. Comme il voyait les grands enfants, aussi bien que les petits, s'extasier devant ce misérable spectacle, il ne concevait pas qu'il y eût quelque honte de prendre une part active à ces paroles grotesques. Bien plus, il était flatté de se voir mis en scène, et, s'il avait montré le premier jour quelque gaucherie, il prit bientôt de l'aplomb; il riposta gaillardement aux sottes plaisanteries du maître; il finit par être un des personnages de la troupe.

Soupçons trop fondés.

Lorsque ses premiers transports furent un peu calmés, il s'aperçut qu'on cheminait à bien petites journées; quelquefois aussi, comparant le cours du soleil à la direction de leur marche, il lui sembla qu'on n'était plus sur le chemin de la Savoie. Il en faisait l'observation au vieillard, qui répondait que cela tenait aux détours de la route, et qu'ils suivraient bientôt une direction différente. En effet, quelques jours après, ils marchèrent si peu vers la Savoie, que Maurice, ne pouvant s'y méprendre, dit à Frisquin qu'assurément il se trompait.

— Eh bien, lui dit le malin petit homme, si tu crois que je me trompe, va-t'en de ton côté; mais rends-moi auparavant l'habit que tu as sur le corps: il est à moi.

— Comment voulez-vous que je vous le rende? Vous m'avez pris le mien en échange, et vous l'avez vendu.

— Ton chien me ruinait; tu ne m'avais pas dit qu'il mangeait comme quatre.

— Et vous voulez me renvoyer tout nu?

— Il ne tient qu'à toi de rester.

— Je resterai, si vous me promettez de me conduire vers mon père.

— Tout chemin mène à Rome; nous irons en Savoie en passant par le Bourbonnais.

— Et quand arriverons-nous ?

— Bientôt. Prends patience. Demain nous nous produirons dans une petite ville où tu brilleras. Je t'apprendrai ce soir un nouveau tour qui te fera beaucoup d'honneur. Viens, mon garçon, fie-toi à mon expérience et ne t'inquiète de rien.

Ces belles paroles ne rassuraient pas l'enfant. A force de lui demander sa confiance, le vieillard la perdait, parce que ses actions démentaient ses discours. Maurice commençait à se repentir de l'avoir suivi. Malheureusement, en se détachant du maître, il avait pris une affection toujours plus vive pour ses petits danseurs, au point de donner de la jalousie au pauvre Dragon. Enfin il ne songeait pas encore qu'il faisait un vil et ridicule métier, et qu'il employait fort mal son temps. Un hasard lui ouvrit encore les yeux sur ce point.

Puissance d'un bon souvenir.

Comme il entrait dans la petite ville que Frisquin lui avait annnoncée, il vit un bâtiment de modeste apparence, sur la façade duquel étaient écrits ces deux mots : ÉCOLE PRIMAIRE. Cela suffit pour le troubler. Il se rappela l'école de son village, son cher instituteur, les dernières exhortations de son père. Il s'arrêta tout court, les yeux fixés sur l'inscription.

— Que regardes-tu là ? lui dit le vieillard.

Maurice lui montra du doigt l'objet qui fixait son attention.

Cet homme avait tellement perdu, dans sa misérable vie, le goût de tout ce qui était louable et sérieux, qu'il imagina toute autre chose que la vérité. Il supposa que Maurice regardait l'école avec un sentiment de rancune, et qu'il s'applaudissait de l'avoir quittée. Pendant qu'il faisait, dans cette pensée, quelque fade plaisanterie, la salle d'école retentit d'un chant agréable, qui annonçait la fin du travail, et les élèves sortirent gaiement, deux à deux, avec l'instituteur. A cette vue, Maurice n'y

tint plus et se prit à pleurer, sur quoi le vieillard se
mit fort en colère.

— Vraiment, te voilà en bonnes dispositions pour
donner du plaisir aux gens de la ville ! Je ne veux
pas d'un pleureur avec moi, entends-tu, Maurice ?
Allons, de la gaieté, morbleu, ou vous n'aurez pas
à souper !

Voilà de quel ton le méchant essayait déjà de
parler à son petit compagnon. Après les séductions
et les caresses, il employait les menaces, dans l'espérance de le mettre peu à peu sous le joug. Cette
fois il réussit fort mal. Maurice était trop vivement
affecté de ce qu'il avait vu pour céder patiemment
aux boutades capricieuses de Frisquin. Il murmura;
Frisquin lui tira les oreilles. L'enfant, qu'on n'avait
jamais traité de la sorte, poussa les hauts cris ; le
vieux drôle leva sur lui son fouet pour le corriger,
comme il faisait à ses élèves. Saisi d'indignation,
Maurice s'enfuit à toutes jambes, en appelant au
secours. L'homme courut à sa poursuite, oubliant,
dans sa fureur, la voiture et les chiens. Dragon courait avec Maurice, en aboyant de sa plus grosse
voix. Les autres chiens, excités par cette scène violente, s'échappèrent la plupart de la voiture, et, se
mettant de la partie, avec des hurlements frénéti-
ques, donnèrent à la ville un spectacle tout nouveau. En un moment l'alarme fut répandue ; une
émeute ne fait pas plus de bruit. Maurice et Dragon gagnaient du terrain, lorsqu'un homme, qui venait du côté opposé, voyant un vieillard poursuivre
un enfant, et supposant que le bon droit était avec
le grand âge, se mit à la traverse, les bras étendus.
Il aurait pu le payer cher, parce que le brave Dragon marchait à l'avant-garde ; heureusement Maurice aperçut, devant une maison de belle apparence, un monsieur d'âge respectable, qui semblait
affligé de cette scène. L'enfant, éperdu, se jeta contre lui, et, le serrant dans ses bras, il s'écria avec
détresse :

— Sauvez-moi ! Monsieur, sauvez-moi !

Le monsieur lui demanda pourquoi il fuyait ainsi son père.

— Ce n'est pas mon père.

— C'est au moins ton maître.

— Non, Monsieur ; je me suis joint à lui, par malheur, sur la grand'route.

Déjà il commençait son histoire en haletant, lorsque le vieillard arriva et voulut agir d'autorité. Le monsieur l'arrêta tout court en lui disant qu'il était le maire, et il l'invita à lui faire connaître comment cet enfant était venu à le suivre. Frisquin répondit effrontément que c'était le père qui l'avait mis à son service. Maurice se récria contre ce mensonge. On dit à l'homme de produire ses papiers, et, comme rien n'y témoignait que l'enfant dût l'accompagner :

— Savez-vous, lui dit le magistrat, qu'on pourrait vous soupçonner de l'avoir enlevé ?

Le vieillard comprit le danger qu'il courait, et il invita lui-même Maurice à dire la vérité, ce qu'il fit avec une si parfaite candeur, qu'on aurait ajouté une foi entière à ses paroles, quand même une circonstance particulière ne serait pas venue fortifier ces heureuses impressions.

Maurice, en rapportant ses aventures et en cherchant à donner de lui une idée favorable, parce que cela était nécessaire, vint à raconter l'histoire de la bourse retrouvée, et il en fit tout le détail. Or, il faut savoir que le journal du département avait mentionné ce fait honorable, et chacun fut charmé d'apprendre que le pauvre petit bateleur en fût le héros.

Le bon maire.

— Mon enfant, lui dit le maire, celui qui sait si bien se conduire mérite d'exercer un métier plus honnête que celui de faire danser des chiens. Nous te rendrons à ton père, je m'en charge. Pour vous, qui vous êtes permis de tromper et d'égarer cet enfant, sortez à l'instant de notre commune. Je vous défends de produire votre misérable spectacle, qu'on ne devrait souffrir nulle part, puisqu'il est inhumain.

Le maire fit donner à Maurice des habits plus décents ; il le recueillit même chez lui, le fit souper, et l'envoya coucher dans une petite chambre qui avait vue sur le jardin et la campagne. Il y avait long-temps que le pauvre enfant n'avait eu un si bon gîte. Il eut la permission de faire coucher Dragon à l'écurie.

Il aurait passé lui-même une nuit tranquille, et sans doute les soins de l'homme charitable qui l'avait recueilli l'auraient bientôt rendu à son père, si le pauvre Maurice avait eu le bonheur de s'endormir sur-le-champ, selon sa coutume. Il n'en fut pas ainsi. Les émotions de la soirée n'étaient pas encore calmées chez lui. Contre son habitude, il attendit assez longtemps le sommeil ; d'ailleurs tout n'était pas tranquille autour de lui : la chambre d'audience du maire n'était séparée de la sienne que par une mince cloison et l'on y veillait encore. Vers les onze heures, un homme, qui marchait d'un pas ferme et bruyant, comme chaussé de bottes fortes, entra chez le vigilant magistrat et le salua d'une voix brève. Le bruit d'un sabre traînant fixa l'attention de Maurice, et ce fut avec un trouble toujours crois-sant qu'il entendit la conversation suivante entre le maire et le survenant.

— Brigadier, vous me répondez de lui ; il serait très-fâcheux pour nous de perdre cette capture.

— Monsieur le maire, je vous en réponds.

— Vous partirez demain à la pointe du jour, et vous ne laisserez pas ce vagabond s'écarter hors de la portée de votre sabre.

— S'il régimbe, monsieur le maire, voici des me-nottes qui le mettront à la raison.

— Vous ferez bien, brigadier, de prendre vos précautions d'avance et de lui mettre ces menottes au départ.

— Vos ordres, monsieur le maire, seront ponctuellement exécutés, et si le drôle !...

— Il suffit, brigadier ; ne parlez pas si fort, il y a des gens qui dorment près de nous.

Maurice ne dormait pas, nous l'avons dit, et cette conversation lui en ôta toute envie. Il se figura, bien mal à propos, qu'elle le concernait, et son petit cœur fut saisi de frayeur et d'indignation. Cet homme, qui lui avait paru si bon, voulait donc le traiter avec tant de cruauté ! C'était ainsi qu'on le ramènerait dans son village et qu'on le rendrait à son père ! Il serait traîné comme un criminel, menacé du sabre, les mains enchaînées ! Quelle horreur ! Le pauvre enfant suait à grosses gouttes dans son lit, où il se tournait et se retournait sans cesse.

Lorsque tout bruit fut apaisé dans la maison, et qu'il put croire tout le monde endormi, il se leva sur la pointe du pied, s'approcha de la fenêtre qui donnait sur le jardin. Il put juger, au clair de la lune, qu'il ne lui serait pas difficile de descendre, parce qu'un treillis, tapissé d'espaliers, garnissait la muraille jusqu'au premier étage, où il était logé. Il prit donc son parti sur-le-champ ; il s'habilla sans bruit et se coula lestement dans le jardin.

Oh ! qu'il regrettait de ne pouvoir entrer dans l'écurie pour délivrer aussi son cher Dragon ! Il le laissait prisonnier chez les ennemis, et cependant il avait lieu de craindre qu'on ne se servît du fidèle animal pour aller à sa poursuite. Il fit quelques pas du côté de l'écurie, mais la porte lui parut bien fermée ; et il n'osa pas pousser plus loin l'aventure ; trop heureux s'il pouvait échapper aux affreuses menottes !

Dragon.

Il se mit à courir dans la campagne, ne sachant où il allait, et ne cherchant qu'à gagner pays, afin de se mettre hors d'atteinte. Il n'avait pas encore passé d'aussi cruels moments ; l'isolement où le laissait l'absence de Dragon doublait sa tristesse et sa crainte. Mon père! mon père! disait-il par intervalles; et les sanglots étouffaient sa voix. Le cœur et l'esprit étaient bien malades; le corps ne se portait pas mieux; le sommeil et la fatigue accablaient Maurice. Aussi, levant les yeux au ciel vers la lune paisible, laissait-il échapper de temps en temps l'exclamation familière à ceux qui souffrent : « Mon Dieu! Mon Dieu! » Les rayons de la lune arrivaient comme des traits de flammes jusqu'à ses prunelles humides, et l'enfant, tout en poursuivant sa course errante, tendait les mains vers le ciel.

Arrivé dans une prairie, qui formait comme un petit vallon, et qui offrait une retraite plus sûre que tous les lieux où il avait passé jusque-là, il fut averti par une odeur de fumée, et bientôt par une faible clarté, qu'un feu, laissé par des campagnards, brûlait encore. Il remercia la Providence du précieux secours qu'elle lui envoyait. Il accourut à la lueur de la flamme; et il trouva encore, auprès, de quoi la ranimer. Et d'abord il sécha du mieux qu'il put sa chaussure et ses vêtements trempés de rosée; ensuite il se coucha près du feu, et, cette fois l'excès de la fatigue l'endormit profondément.

Laissons-le quelques moments à ses rêves, plus doux que sa vie, et sachons ce que devenait, dans l'intervalle, son compagnon de voyage. Dragon, toujours dévoué, toujours fidèle, malgré les justes sujets de jalousie que les chiens savants lui avaient donnés, ne dormait jamais bien, s'il n'était pas à côté de son maître. On lui avait pourtant donné de la litière fraîche; il était dans une écurie bien chaude, blotti dans un coin, à côté des chevaux, sous le lit suspendu où le palefrenier venait de grimper. Cela ne pouvait suffire à un cœur tel que le sien. — Où est Maurice? que devient-il? pourquoi nous a-t-on séparés?... Il se demandait bruyamment toutes ces choses, en poussant des gémissements aigus. Le palefrenier essaya de lui imposer silence, et n'obtint que de légères pauses ; les plaintes recommençaient bientôt de plus belle. L'homme, impatienté, en vint aux moyens de rigueur : ce fut un vacarme nouveau ; les chevaux hennissaient, s'agitaient, trépignaient ; enfin personne ne dormait dans l'écurie, parce que Dragon était séparé de Maurice.

Les nuits des palefreniers ne sont pas longues et veulent être bien employées. Celui-ci, perdant enfin patience, ouvrit la porte à l'hôte incommode, et lui dit, en le congédiant d'un coup de pied :

— Va dormir où tu voudras.

Dragon reçut le coup de pied sans se plaindre ; il aurait payé plus cher la liberté. Une fois dans la cour, il fut bientôt sur la trace de son maître, dans le jardin, dans le verger, dans la campagne ! il ne fit pas fausse route un seul instant.

Qu'on s'imagine quels furent ses transports de joie, ses turbulentes caresses, quand il eut retrouvé, réveillé, salué son cher ami ! Maurice sentit d'abord plus de frayeur que de plaisir ; il craignit que Dragon ne fût pas seul. Il s'assit ; il prêta quelque temps l'oreille, sans répondre aux témoignages d'amitié que le pauvre animal lui prodiguait ; enfin, s'étant assuré que personne ne paraissait, il quitta sa première froideur, et rendit à son chien caresses pour caresses. Il y en eut de part et d'autre pour longtemps.

Le chaudronnier ambulant.

Les voilà de nouveau maîtres d'eux-mêmes et prêts à courir de nouvelles aventures. Maurice, tout entier à la joie d'avoir retrouvé son chien, n'eut pas l'idée qu'il pouvait s'être abusé dans la nouvelle escapade qu'il venait de faire. Si prompt à se livrer à ce perfide Frisquin, il s'était dérobé précipitamment à l'honnête homme qui voulait lui faire du bien. Une frayeur déraisonnable l'avait égaré, et il allait payer par de cruelles traverses cette nouvelle étourderie.

Il se remit en chemin dès le point du jour, décidé à s'informer exactement, dans le prochain village, de la route qu'il devait suivre pour aller en Savoie. Après cinq ou six heures de marche, il arriva dans une petite bourgade, et la première personne qu'il vit fut un chaudronnier ambulant, de ceux qui étament les casseroles et fondent aussi la vaisselle d'étain. Cet homme avait établi son usine portative à l'abri d'une muraille. Un trou en terre était plein de charbons ardents ; le soufflet, fixé à côté, animait déjà ce brasier, sous l'impulsion que le pied de l'artisan lui imprimait. Quant à ses mains, elles étaient occupées dans ce moment au service de sa bouche. Le chaudronnier déjeunait ; son pain bis, presque aussi noir que ses mains, et un plat de bœuf fricassé aux oignons excitèrent la convoitise du couple affamé. L'homme s'en aperçut, et n'eut pas de peine à retenir le jeune voyageur pour le faire jaser. Quand il sut en gros l'histoire de Maurice, il redoubla de prévenances, et lui dit :

— Deux étrangers qui se rencontrent loin de chez eux sont des frères, et ne doivent pas manquer de s'entre-secourir. Je te propose, mon ami, ce qu'on peut offrir de mieux à un honnête garçon, du travail et du pain. Tu as encore, à ce que j'entends, un long voyage à faire, et tu manques d'argent ; reste seulement une semaine avec moi, je te nourrirai, et je te donnerai quinze sous par jour, avec cela tu auras ensuite de quoi aller loin, sans rien demander à personne.

Maurice fit entendre qu'il craignait d'être reconnu. Là-dessus le chaudronnier tira d'une petite voiture, qui lui servait de magasin, un bonnet de laine grise saupoudré de charbon ; il affubla le petit bonhomme d'un grand tablier de cuir, lui dit de se barbouiller un peu le visage, et l'assura qu'avec ces précautions il pourrait échapper à toutes les recherches de la police.

Maurice aurait dû se défier d'un homme qui se

prêtait si complaisamment à ce qu'il voulait ; mais
savons-nous mieux que lui ne pas nous livrer à qui
nous flatte ?... Voilà le fils de Gerbin qui a changé
de maître et de métier. Il se disait avec satisfaction :
— Cette fois, du moins, je fais un travail honnête ;
les casseroles et le charbon pourront me salir les
mains, sans que j'en sois moins estimable. J'ai ouï
dire à mon père :

Dans le travail l'âme s'épure ;
Poussière aux mains n'est pas souillure.

Pendant que je serai caché sous ce tablier, on
cessera de s'occuper de moi dans les environs, et,
au bout de quelques jours, avec une bourse bien
garnie de sous honnêtement gagnés, je partirai tout
de bon pour aller rejoindre mon père. Que je serais
heureux si je n'avais plus besoin d'aumônes !

A peine entré en fonctions, Maurice fut invité à
déjeuner. Il trouva que son maître savait fort bien
vivre, de débuter ainsi avec lui. Dragon eut pour
sa part quelques restes. Cette première affaire expédiée, l'enfant et le chien commencèrent leur service : ils allèrent ensemble demander de l'ouvrage
dans le bourg. L'honnête figure du petit garçon,
ses grands yeux bleus, qui brillaient plus vifs sur
sa figure noircie, lui gagnèrent la bienveillance de
toutes les ménagères. Pas une maison où l'on ne
sût trouver quelque ustensile à refondre ou à réparer. Maurice imagina d'en faire porter une part au
docile Dragon. Les casseroles lui battaient les flancs,
retenues les unes aux autres par des ficelles.

Ce fut pour les deux amis un nouveau moyen de
succès. On trouva le chien aussi intéressant que le
maître ; tous deux en firent meilleure chère, et leur
nourriture ne coûta guère à Pierral. C'était le nom
du chaudronnier. Dragon se refaisait de ses longues
privations ; car il va sans dire que Frisquin l'avait
traité fort maigrement, et, depuis sa sortie du village, il n'avait pas fait, un seul jour, non plus que

son maître, ses repas complets et réguliers. La petite ville fut un pays de cocagne pour les deux amis. Le chaudronnier fort satisfait d'avoir trouvé des aides si utiles et si peu onéreux, porta à vingt-cinq sous par jour la paye de Maurice. Il lui donna une petite bourse de cuir, et, chaque soir, il lui comptait régulièrement sa paye. Quel honnête homme que M. Pierral !

Il n'avait qu'un défaut, c'était de laisser l'ouvrage s'accumuler. Il renvoyait bien de temps en temps quelque chose ; mais ce n'était rien auprès de ce qui restait. On prenait cependant patience, parce que le travail était fait soigneusement ; et puis Maurice savait excuser son maître avant tant de gentillesse, qu'il n'y avait pas moyen de se fâcher.

L'innocence affligée.

Le septième jour était arrivé ; Maurice comptait avec joie cent soixante-quinze sous dans sa bourse, lesquels, ajoutés aux six qui lui restaient de la trouvaille, en faisaient cent quatre-vingt-un. Il se disait qu'avec cela il aurait pu aller au bout du monde ; et son cœur ne visait pas si loin.

— Et nos ustensiles ? dirent les gens auxquels Maurice annonçait, dans la soirée, son départ pour le lendemain.

— Vos ustensiles ? M. Pierral vous les rendra. Je viens de le quitter, parce que le sommeil me gagnait ; pour lui il est encore à l'ouvrage. Ah ! quel rude travailleur !

Après cette explication, Maurice était allé se coucher. Il comptait revoir son maître le lendemain, mais seulement pour lui faire ses adieux et déjeuner avec lui encore une fois, pour finir, disait M. Pierral, comme ils avaient commencé.

Cependant notre homme, débarrassé de son petit ouvrier, en vint à l'exécution du projet pour lequel il s'était servi de lui. Nanti d'une masse de cuivre et d'étain pour une valeur considérable, il disparut pendant la nuit, aidé peut-être par quelque rece-

leur, qui le soulagea de son fardeau. On venait seu
lement de constater sa fuite, à l'instant où Maurice
sortait de son logement.

Les ménagères étaient furieuses. L'une saisit
l'enfant par le bras et le secoue rudement ; l'autre
le menace du poing ; une autre l'apostrophe dans
les termes les plus durs. Maurice, consterné, témoi-
gne une si vive douleur, que chez plusieurs la pitié
remplace déjà la colère.

— S'il était coupable, s'écrie une voix, il ne serait pas au milieu de nous ; il aurait suivi le voleur.

— N'importe ! disait une autre, il doit répondre
du dommage ; c'est à lui que nous avons remis notre
bien ; qu'il nous le rende!

L'autorité crut devoir, à tout événement, s'assurer de sa personne, ne fût-ce que pour avoir son témoignage. Et voilà comment il était tombé dans le
malheur qu'il redoutait le plus ! Le fils de Gerbin
était en prison, soupçonné de vol, ou comme com-
plice ou comme fauteur. Il faut le dire cependant,
Maurice poussa des cris de désespoir si déchirants,
quand on le mena dans la maison d'arrêt, que toutes
les bonnes gens le plaignirent. Plusieurs l'accom-
pagnèrent ; plusieurs s'affligeaient avec lui ou tâ-
chaient de le rassurer. Le chien, qui avait partagé
naguère avec son maître la faveur publique, faisait
maintenant grand'pitié. C'est qu'il n'y avait pas
dans toute la ville de personne plus affligée. Quand
on le vit marcher, la tête basse, auprès de Maurice,
lui lécher les mains ou se précipiter sur lui comme
pour l'entraîner ou le délivrer, on s'attendrit encore davantage ; il fut résolu que les deux amis ne
seraient pas séparés.

Dès qu'ils furent dans la chambre d'arrêt, le magistrat fit subir à l'enfant un premier interrogatoire.
Il répondit avec assez de présence d'esprit, donna
tous les détails qu'on voulut, cherchant de son
mieux à éclairer la justice, qu'il était si intéressé à
mettre sur la voie de la vérité. Il fit en même temps

son histoire au magistrat, et demanda si on lui permettrait d'écrire à son père. On l'y autorisa, sous réserve que la lettre serait lue avant d'être expédiée. Maurice ne s'y refusa point, et il écrivit la lettre suivante, se figurant sans doute qu'elle saurait toute seule trouver son chemin :

« Mon cher père, je t'écris cette lettre du fond de la prison où l'on m'a enfermé, et c'est d'abord pour te dire qu'il n'y a pas de ma faute, et que je suis bien innocent du cuivre et de l'étain. Mon cher père, j'ai été bien malheureux depuis ton départ; mais je ne suis pas coupable, je te le jure devant Dieu. Six jours après ton départ, notre cousine est tombée morte tout à coup; et, comme ceux qui m'avaient retiré chez eux, sans me demander si ça me plaisait, voulaient encore me séparer de Dragon, et le fusiller, quoiqu'il fût aussi innocent que moi-même, nous nous sommes sauvés du village, lui et moi, avec l'intention de te rejoindre le plus tôt possible. Jusqu'à présent, cela nous a bien mal réussi ; j'ai été trompé, égaré, et l'on m'a détourné de ma route. Mais j'ai trouvé aussi de bonnes gens, qui ont eu soin de moi. Deux petites filles m'ont donné du lait de leur chèvre, avec des pommes de terre cuites sous la cendre. Le lendemain, Dragon et moi nous avons dîné chez un honnête paysan, qui nous a donné de bons conseils. J'ai eu le malheur de ne pas les suivre et d'en écouter ensuite de mauvais. Je ne veux pas te raconter tout ce qui m'est arrivé; il y en aurait pour trop longtemps. Ne crois pas que ce soit pour te cacher quelque chose. Bientôt, s'il plaît à Dieu, tu sauras tout de ma bouche. On m'assure qu'une personne innocente ne peut pas être condamnée ; je serai donc bientôt libre, et j'irai t'embrasser mille et mille fois, pour réparer le temps perdu. Adieu, mon cher père, ne sois pas inquiet ; je suis toujours ton fidèle et honnête fils,

MAURICE.

Le dessus de la lettre portait ces mots : « A monsieur Denis Gerbin, maître maçon, en Savoie. »

On fit observer à l'enfant qu'avec cette adresse la lettre arriverait difficilement à destination. Il fut décidé qu'on écrirait au village que le père et le fils avaient quitté, afin d'avoir, s'il était possible, des renseignements plus précis.

Cependant Maurice se désolait dans sa prison. Quand il vit arriver le soir, sa tristesse redoubla. Il était assis dans un coin, et Dragon auprès de lui. L'enfant se rappelait avec tendresse le plaisir que ce fidèle compagnon avait eu à le retrouver huit jours auparavant.

— Et c'était, lui disait-il, pour me suivre en prison que tu courais après moi ! C'est égal ; quand tu l'aurais su, tu n'aurais pas couru moins vite.

La chasse aux filous.

Tout à coup l'idée vint à Maurice que Dragon, qui l'avait si vite retrouvé, pourrait bien découvrir aussi maître Pierral, auquel il s'était accoutumé pendant les huit jours qu'ils avaient passés ensemble. Maurice avait heureusement exercé son chien à entendre ce nom; il avait amusé le chaudronnier, en disant quelquefois à l'animal intelligent : « Où est Pierral? » et le chien courait à l'homme sur-le-champ. Aussitôt que cette idée lui fut venue à l'esprit dans sa triste demeure, Maurice, pour éprouver son chien, lui répéta la question. Dragon leva la tête brusquement, et se mit à flairer de tous côtés.

Persuadé que son idée était bonne, l'enfant fit demander le juge en grande hâte, disant qu'il avait une chose très-importante à lui communiquer. Le juge vint. Cette manière de poursuivre un coupable parut singulière ; on y consentit cependant, et Maurice eut la permission de faire l'épreuve lui-même. Il sortit, bien accompagné, avec son chien. La nuit était sombre ; cette sortie ne fut remarquée de personne. L'enfant demanda qu'on se rendît à la place où Pierral avait travaillé.

Quand on y fut, Maurice, après avoir caressé Dragon, lui dit vivement :

— Où est Pierral ?

Le chien se mit en quête ; il courut de plusieurs côtés, et revenait toujours à la même place. On n'attendait plus rien de lui. Maurice l'excitait cependant, l'animait de la voix, et répétait par moments la question qui ne manquait jamais d'exciter le chien et de lui donner un nouveau zèle. Enfin il suivit une autre piste, et, après avoir tourné auprès de quelques maisons, au bout de la ville, il rentra dans l'intérieur, se faufila par des rues écartées, pour s'arrêter obstinément devant une maison, aux fenêtres de laquelle aucune lumière ne paraissait. Là Dragon monta sur un perron extérieur, flaira, aboya avec opiniâtreté, et l'enfant assura que Pierral devait être dans cette maison.

Le maître du logis mit la tête à la fenêtre ; et, quand il sut de quoi il s'agissait, prenant le ton de mauvaise humeur d'un homme qu'on arrache au sommeil, il se fâcha, il refusa d'ouvrir sa porte ; il parut vouloir se barricader. On lui représenta que cette conduite le rendrait plus suspect, et serait contre lui une charge plus forte que les indications du chien. Le magistrat intervint ; il se fit ouvrir la porte, et les fouilles commencèrent. Après une assez longue attente, elles finirent par amener la découverte des objets volés. Le maître de la maison osa dire qu'il ignorait qui avait pu cacher tout cela chez lui. Dragon lui répondit encore victorieusement, en aboyant devant un panneau de boiserie, derrière lequel Pierral fut trouvé blotti. On arrêta les coupables, et, comme ils n'avaient rien à gagner à manquer de franchise, puisque le vol et le recel étaient manifestes, ils avouèrent leur délit. Maurice n'avait pas besoin du témoignage de Pierral pour être jugé innocent ; cependant ce témoignage même ne lui manqua pas. Cet homme, soit qu'il ne fût pas absolument mauvais, soit qu'il espérât que cette franche déclaration, en faveur d'un enfant qui avait pour lui l'affection du public, produirait pour lui-même un bon effet, assura que son petit ouvrier n'avait rien su de ce qui s'était passé.

Rencontre fatale.

Dès ce moment Maurice fut libre. Au lieu de retourner en prison, il put choisir entre cinq ou six logements que les ménagères lui offrirent, en réparation du tort qu'elles lui avaient fait. On le força de garder l'argent qu'il avait reçu de Pierral.

— Tu l'as honnêtement gagné, lui disait-on, et le service que ton chien nous a rendu mériterait bien davantage.

On le pressait de prolonger son séjour au milieu de ses nouveaux amis, mais il avait hâte de se remettre en voyage.

Le magistrat l'appela auprès de lui, et lui fit comprendre qu'il avait tort de courir le pays à l'aventure.

— Retourne, lui disait-il, dans le village où ton père t'a laissé ; c'est là que tu dois l'attendre.

L'enfant témoigna une grande répugnance à prendre ce parti. Il conta, dans le plus grand détail, ses démêlés avec Christin.

— Eh bien, nous te mettrons sous la garde du maire ; tu seras en parfaite sûreté ; on n'osera pas toucher même à ton chien.

— Ah ! Monsieur, répondit naïvement Maurice, notre maire obéit à Christin comme les autres ; on le dirait son huissier.

— Dans ce cas, au lieu de te renvoyer dans ta commune, je t'adresserai à la sous-préfecture voisine. M. le sous-préfet te traitera comme son enfant, et, sous sa garde, tu attendras des nouvelles de ton père. C'est le meilleur et le plus court chemin pour te réunir à lui. Nous avons ici un honnête marchand forain, qui se rend aujourd'hui à la foire d'un village, à douze kilomètres d'ici. C'est le chemin de la ville où je veux t'envoyer. Quand vous serez arrivés, le marchand te procurera un guide, qui te mènera plus loin. Tu arriveras ainsi, en trois ou quatre jours au plus. J'écris en ta faveur à M. le sous-préfet. J'espère que cette fois tu te fieras à l'autorité, qui veille aussi bien pour protéger les bons que pour réprimer les méchants.

Maurice promit d'être sage. Il partit en la compagnie du marchand. Lorsqu'ils furent arrivés et qu'ils eurent mis le cheval à l'auberge, l'homme dit à Maurice qu'il allait vaquer à ses affaires, et qu'il chercherait en même temps une personne de confiance, pour accomplir les intentions du magistrat; que lui, Maurice, pouvait cependant faire un tour de promenade, et revenir dans une heure savoir ce qui aurait été fait. L'enfant alla donc se promener avec Dragon. Il s'amusa beaucoup du mouvement et de la foule. On voyait toute sorte de marchandises étalées dans de petites boutiques construites en planches. Maurice veillait de près sur Dragon, que sa curiosité poussait de tous côtés. Il y avait près d'une demi-heure qu'ils erraient ainsi, lorsque le petit garçon, s'étant oublié devant une boutique de jouets d'enfants, entendit derrière l'étalage, à travers la cloison de planches, une voix dure qui s'écria :

— Voici le chien : le maître n'est pas loin !

Et au même instant commença une lutte violente entre l'homme et l'animal. L'homme c'était Christin. Le commerce l'avait amené jusque-là. Toujours colère et emporté, il avait saisi de force le brave Dragon qui opposait une résistance énergique.

Ce fut un grand bruit dans la foule. Les menaces de l'homme, les cris du chien, mirent tout le monde en émoi, et suspendirent un moment les opérations commerciales. Maurice put s'évader facilement, et n'y manqua pas. Ni les conseils de M. le juge, ni l'expérience d'un passé plein d'amers souvenirs, ne purent l'arrêter. Adieu les sages réflexions ! adieu les bonnes promesses ! Au bout d'un quart d'heure, Maurice était déjà bien loin.

Une faute grave.

Quand il se crut hors d'atteinte, au milieu d'une oseraie encore touffue, il se recueillit pour aviser à ce qu'il devait faire. Irait-il au secours de Dragon ? Il en mourait d'envie, mais il jugea que ce serait chose inutile. — Ou Dragon est libre comme moi, se dit-il, et je ne tarderai pas à le revoir, comme la dernière fois ; ou ce méchant a été le plus fort, et je ne résisterais pas mieux que mon chien.

Le pauvre enfant crut en faire assez pour l'amitié, de rester caché où il était, et d'attendre que la nuit fût venue, pour chercher au village des nouvelles de Dragon. L'histoire aurait fait du bruit ; on en causerait, et, sans se découvrir, il trouverait moyen de s'éclairer sur le sort de son malheureux compagnon.

Quand la nuit fut venue, Maurice, au risque de tomber dans les mains de l'épouvantable Christin, revint donc à pas de loup dans le village. Il trouva, dans la première place, des enfants rassemblés, et il ne craignit pas de se mêler à leurs jeux. Sa qualité d'étranger ne fut pas remarquée, la foire ayant amené beaucoup de familles du dehors. Il prêtait l'oreille à tous les propos : peine inutile ; il n'entendait rien qui eût rapport à Dragon. Il allait, à tout événement, adresser quelques questions à l'un des petits villageois, lorsqu'il entendit deux de ses voisins qui disputaient ensemble.

— Il est enragé ! criait l'un.

— Il ne l'est pas ! répliquait l'autre.

— Il a mordu l'homme jusqu'au sang.

— C'est que l'homme l'a saisi le premier, et voulait l'étrangler sur la place.

— Mon père y était : il a tout vu.

— Mon père y était aussi, et c'est lui qui s'est opposé à ce qu'on tuât cette pauvre bête.

— Il a fait là quelque chose de beau !

— Oui sans doute. Ne faut-il pas, même dans l'intérêt du blessé, savoir si le chien est bien atteint de la rage ? C'est aussi ce que le chirurgien voulait ; il a ordonné qu'on tînt la bête à l'attache, jusqu'au moment où l'on saura la vérité. Mon père s'est chargé de ce soin.

— Tant pis pour vous !

— Qu'avons-nous à craindre ? A peine le chien a-t-il été attaché, que nous l'avons vu boire. Pauvre bête ! il n'est pas plus enragé que moi. Ce sont bien souvent les hommes qui paraissent l'être, à voir comme ils traitent les animaux.

Maurice en prêtant l'oreille à cette conversation, était vivement ému. Il se consultait lui-même sur ce qu'il devait faire. L'honnêteté, le bon cœur de l'enfant qui parlait pour son chien le touchaient sensiblement ; il aurait voulu s'adresser franchement à lui ; mais la crainte de retomber dans les griffes de Christin, devenu plus furieux que jamais, réprima ce bon mouvement. Il résolut d'observer le petit garçon, de le suivre, de connaître ainsi le lieu où Dragon se trouvait prisonnier à son tour. Il verrait ensuite ce qu'il aurait à faire.

Les enfants ne tardèrent pas à se séparer. Maurice suivit de loin celui dont le père avait Dragon sous sa garde, et s'arrêta, aussitôt qu'il le vit rentrer chez lui. Quelques instants après, il s'approcha furtivement pour tâcher de découvrir où Dragon pouvait être. Il y avait contre la maison, un appentis, qui semblait servir de remise. Il se dirigea de ce côté ; il s'approcha de la porte : elle se trouvait fermée, et la clef n'y était pas. Il y touchait à peine, et il avait essayé tout au plus deux fois de l'ouvrir, que Dragon avait déjà senti et reconnu son maître, ce qui le fit s'agiter et crier fort mal à propos. — Sst ! sst ! fit doucement Maurice, tremblant de joie et de crainte. Cet avertissement suffit au prisonnier pour lui faire garder un silence prudent.

Il y avait, à hauteur d'appui, une étroite fenêtre. O bonheur! elle se trouvait ouverte. Sans se donner le temps de réfléchir, Maurice y grimpe lestement, saute dans l'étable, tire son couteau de sa poche, coupe la corde qui retient le prisonnier, et ils s'élancent tous deux par le même chemin, le chien d'abord, le maître après lui.

L'heureux Dragon était dans l'ivresse; il goûtait une joie sans mélange. Maurice, outre la frayeur d'être découvert, qui le possédait encore, se reprochait déjà ce qu'il venait de faire. C'était en effet une bien mauvaise action. Un brave homme avait sauvé son ami; il avait résisté en sa faveur aux soupçons populaires, si souvent injustes et cruels; il avait pris sur lui les risques de l'affaire; il s'était chargé du prisonnier, pour le sauver de la mort; son fils, aussi généreux que lui, prenait la défense de Dragon au milieu des enfants, comme le père au milieu des hommes; et Maurice profitait sournoisement de quelques paroles qu'il recueillait à la dérobée; il suivait traîtreusement les traces de l'enfant; il entrait, comme un larron, dans la maison hospitalière; il ravissait le dépôt confié par un pouvoir tutélaire à l'honnête citoyen! Que de choses à dire sur une si fâcheuse conduite! Et, malheureusement, Maurice y pensa trop tard pour prendre un meilleur parti; il en fut touché trop faiblement pour réparer le mal qu'il avait fait.

Il s'éloignait, comme un coupable; il s'enfonçait dans la campagne, cherchant les lieux déserts, et rêvant tristement à son sort. Le chien le comblait de caresses, le remerciait de la manière la plus expressive. Maurice le laissait faire; il ne lui répondait plus comme auparavant.

— Pauvre Dragon, disait-il, tu me coûtes bien cher!

Cependant il ne trouvait aucune retraite; pas une

cachette, pas une meule, pour le recueillir cette nuit ! Il errait dans un bois à l'aventure, et fut réduit à entasser les feuilles tombées, pour se coucher et se couvrir. Ensuite il prit Dragon dans ses bras, et, pendant que l'heureux animal s'endormait sans alarmes, lui-même, les yeux fixés sur les étoiles, qui scintillaient à travers les rameaux, il attendait vainement le sommeil. Ce n'était pas qu'il eût peur : la vie qu'il menait depuis quelque temps avait eu du moins l'avantage de l'aguerrir. Couché au milieu d'un bois, dans un pays inconnu, il n'éprouvait pas la crainte puérile des fantômes et des loups-garous : ce qui lui tint longtemps les yeux ouverts, ce fut une crainte plus sérieuse, celle d'avoir offensé Dieu et d'affliger son père.

Ces angoisses le poursuivirent jusque dans son sommeil ; il eut des rêves pénibles. Qui aurait passé par ce bois, où la lune brillait sur les feuilles mortes, aurait entendu l'enfant pousser des cris étouffés, l'aurait vu se débattre contre les visions qui l'agitaient. Il se réveilla au soleil levant, et poursuivit sa marche. Il acheta pour deux sous de pain dans une maison écartée. Ce fut tout son déjeuner et celui de Dragon. — Je ne mérite pas mieux, se disait Maurice, et mon pauvre chien n'en demande pas davantage.

Le fils de Gerbin était si découragé, qu'il ne songeait pas même à demander le chemin de la Savoie. Il se dirigeait seulement sur le cours du soleil, se remettant à la Providence du soin de le conduire. Il commençait à redouter la vue de son père en même temps qu'il la désirait. Il craignait ses reproches, presque autant qu'il souhaitait ses embrassements.

L'école buissonnière.

Comme il passait derrière l'église d'un village, vers deux heures après midi, il vit quelques jeunes garçons qui jouaient ensemble. Contre l'ordinaire, ils ne faisaient pas de bruit, et parlaient d'une voix étouffée. Il comprit bientôt qu'ils faisaient l'école buissonnière. Un d'entre eux, posté à l'écart sur un pan de muraille, faisait le guet, afin d'annoncer, en cas de besoin, l'approc'.e de l'ennemi, s'il venait à paraître. Cet ennemi, c'était M. l'instituteur, qui ne pouvait pas approuver leur conduite. Maurice, privé depuis longtemps du plaisir de jouer avec des enfants de son âge, s'approcha curieusement, et, voyant qu'on jouait au bouchon, il demanda d'en être. Il fut mis de la partie, et le jeu continua de plus belle.

Quelques-uns avaient pour palets des gros sous, d'autres n'avaient que de petites pierres, et se plaignaient fort de ce désavantage. Maurice, un peu pour se montrer bon camarade, et beaucoup pour faire voir sa bourse, en tira autant de gros sous qu'il en fallait pour les joueurs qui n'en avaient pas. Cela en fit quinze, y compris celui dont il se servit lui-même. Alors le jeu s'anima. Maurice fit voir qu'il n'était pas le plus maladroit. Il s'en donnait à cœur joie, oubliant sa tristesse de la veille. Il était fâché seulement de voir ses compagnons de plaisir peu bienveillants les uns pour les autres, et d'assez mauvaise foi pour contester, sans aucune apparence de raison. Si l'on n'avait pas eu la crainte d'une surprise, on aurait fait de beaux cris. On s'en dédommageait en se bourrant, en se faisant de sourdes menaces. Maurice lui-même, le nouveau venu, le complaisant prêteur des gros sous n'était pas plus ménagé que les autres. C'est qu'il est rare qu'un mauvais écolier soit un bon camarade. Il faut de l'ordre et de la discipline jusque dans les plaisirs, et l'on ne doit pas s'attendre à ce que l'enfant qui résiste méchamment à son maître, cède avec bonté à ses condisciples.

Il y avait une heure que la partie durait, toujours plus échauffée, quand le maître parut à l'improviste, du côté opposé à celui par lequel on l'attendait. Grand effroi. Les enfants s'échappèrent en tumulte, comme une volée de moineaux effarouchés. Maurice s'enfuit de son côté comme les autres, sans avoir le temps de recueillir sa monnaie. Tout fut perdu jusqu'à la pièce dont il s'était servi, et qu'il venait de jeter quand l'instituteur avait paru. Un des écoliers, moins agile ou moins heureux que les autres, payait pour tous, et criait, non de douleur, on ne le battait point, mais de colère, parce qu'on l'entraînait où il ne voulait pas aller.

Maurice était libre, il fuyait; mais il maugréait en courant. — Mes gros sous ! mes gros sous ! disait-il, avec colère. Et il frapait du pied, il se retournait quelquefois, s'arrêtait, pour délibérer s'il n'irait pas réclamer son bien. Il se garda prudemment de le faire. Sa conscience lui disait : Pourquoi t'arrêtais-tu auprès de ces mauvais garçons? pourquoi jouais-tu avec eux ? quelle vanité te pressait de leur montrer ta bourse ? Tu es puni justement. Maurice entendait cette voix infatigable, ce témoin présent partout, et, baissant la tête, il poursuivait son chemin. Il fit, pour se consoler, le compte de ce qui lui restait, et il trouva en sous et en petit argent blanc, une somme encore assez belle. Il se dit enfin : » C'est une leçon pour l'avenir. » Hélas ! ce jour même, il devait l'oublier.

L'auberge.

Étant arrivé, le soir, devant une auberge de village, il résolut d'y passer la nuit, afin de se refaire dans un véritable lit de ses fatigues précédentes. Il demanda à souper et à coucher pour lui et Dragon. Il eut même la précaution de régler le prix d'avance, et se sut bon gré d'être déjà si prudent. Une bonne soupe, du mouton en ragoût, un coup de vin, remirent l'enfant de bonne humeur. A son âge, chagrins et remords sont légers. Il s'était approché du feu, et il écoutait jaser des buveurs établis dans la cuisine. L'un d'eux entonna une chanson, dont il ne pouvait retrouver le second couplet. Maurice, qui le savait par hasard, le souffla au chanteur. Cela fixa sur lui l'attention. On le pressa de chanter à son tour. Il avait une jolie voix, qui avait fait bien souvent plaisir à son père. Denis Gerbin, dans ses moments de loisirs, apprenait à son Maurice quelques chansons bien choisies. L'enfant ne résista pas à la tentation de recueillir des applaudissements, et, il faut bien le dire, à la satisfaction, moins frivole, de répéter une chanson qui lui était souvent revenue à la mémoire, depuis qu'il était en voyage. Il chanta, d'une voix juste et sonore, les couplets suivants :

> Où volez-vous, petit oiseau,
>   Par la plaine flétrie ?
> Vous allez où le ciel est beau
>   Et la terre fleurie.
> Le bonheur, dit-on, vous attend
>   Sur la rive étrangère ;
> Vous y courez toujours chantant :
>   « Je vais revoir mon père.
>
> Allez répondre à son amour,
>   Que le ciel vous protége,
> Fuyez l'orage et le vautour,
>   Le chasseur et le piége.
> Que nul plaisir sur le chemin
>   Ne vous puisse distraire.
> Votre plaisir est inhumain,
>   S'il fait languir un père.
>
> Allez, et quand vous l'aurez joint,
>   Demeurez sous son aile ;
> De sûre garde il n'en est point
>   Que l'amour paternelle.
> Ah ! qu'il me semble heureux l'oiseau
>   Qui, toujours sédentaire,
> Perché sur le même rameau,
>   S'endort près de son père.

Cette chanson fut écoutée avec plaisir. On fit à Maurice des compliments sur sa jolie voix ; il eut le plaisir de voir une larme dans les yeux de la bonne hôtesse ; elle aurait demandé tout de suite à l'enfant s'il n'y avait pas quelque rapport entre lui et le petit oiseau, et se serait occupée de lui, si, par malheur, elle n'avait pas été appelée dans la cour, où elle passa une heure à divers travaux.

Dans l'intervalle, les buveurs firent asseoir Maurice auprès d'eux, et le mirent de belle humeur en lui faisant boire un coup de trop. L'enfant, excité par le vin et par les joyeux propos, jasa, rit, chanta, amusa tout le monde. On avait demandé des cartes, et il regardait jouer. Au bout d'un moment, l'envie lui prit de mettre quelque chose au jeu, voyant que cela réussissait à un jeune garçon fort jovial. Il demanda la permission de risquer quelques sous. Ces gens, très-mauvais sujets, y consentirent sans scrupule. L'enfant se flattait déjà de regagner ce qu'il avait laissé dans les mains du maître d'école. Il en alla tout autrement. Il perdit d'abord un sou, puis deux, puis dix, puis vingt. Les buveurs se faisaient un cruel plaisir de son dépit ; ils l'excitèrent encore, si bien qu'au bout d'un moment sa bourse était vide. Alors, le cœur serré de douleur et de honte, il alla se coucher sans mot dire. Les drôles qui l'avaient dépouillé ne s'en vantèrent pas non plus à l'hôte et à l'hôtesse, qu'ils connaissaient pour d'honnêtes gens ; ils se retirèrent avec leur butin, et ils allèrent probablement le boire ensemble dans un autre cabaret.

Maurice ne ferma pas l'œil jusqu'au matin. Les fumées du vin s'étaient bientôt dissipées. Alors, passant en revue la suite de ses aventures, il déplorait ses fautes, et plus encore ce qu'il appelait ses malheurs. Il ne voulait pas comprendre qu'il s'était lui-même attiré ces disgrâces. Cependant sa fidèle conscience, après une lutte opiniâtre, fut encore la plus forte, et il fallut bien l'écouter :

— Tu ne devais pas jouer. En cherchant à attraper l'argent d'autrui, tu méritais de perdre le tien.

— Mais j'avais perdu auparavant la raison.

— Et qui te forçait de boire ? Tu t'excuses d'un manquement par un autre.

— Pouvais-je refuser leur politesse ? Ils voulaient

reconnaître le plaisir que je leur avais fait en chantant.

— Mais pourquoi chanter? Cela convenait-il à un malheureux tel que toi? Ton cœur était-il si tranquille? Maurice, égaré, affligé, séparé de son père, après les fautes qu'il avait commises et les traverses qu'il avait éprouvées, devait-il avoir le courage de chanter? N'accuse pas le vin; mais seulement ton orgueil. Tu voulais qu'on te louât, et l'on s'est moqué de toi. Pleure, gémis à présent, et, ce qui vaut mieux, tâche de te repentir; tu n'as que ce moyen d'apaiser ton Dieu et de consoler ton père.

Tels étaient les discours de sa conscience, et ils ne furent pas inutiles. La nuit est faite pour le repos de l'innocence et le tourment du coupable; mais, qu'elle amène le repos ou le tourment, elle est toujours la messagère d'un Dieu qui nous aime. Le trouble qu'elle cause au pécheur est le chemin douloureux qui le ramène à la paix. Maurice n'en était pas encore à ce repentir humble et profond, qui est le gage assuré d'une âme régénérée; cependant il se leva avec le sentiment de sa faute; l'hôtesse en reçut le premier aveu. Il lui dit, en sanglotant, sa mésaventure et l'impossibilité où il était de payer la dépense qu'il avait si prudemment réglée avec elle. L'hôtesse fut émue de compassion; elle appela son mari, et ils se reprochèrent honnêtement à eux-mêmes de n'avoir pas mieux veillé sur cet enfant; de l'avoir laissé seul dans la compagnie des buveurs.

— Tu ne nous dois rien, lui dit l'aubergiste, nous aurions dû prévenir le désordre qui s'est passé chez nous. C'est le malheur de notre état, que nous voyons souvent, sans le vouloir, l'occasion d'assez grands maux. Déjeune avec nous, mon enfant; voici quelques pièces de monnaie pour ta route; je ne peux faire davantage, et j'en suis fâché. Une autre fois, sois plus réservé. Use de l'auberge pour le besoin, et garde-toi des mauvaises compagnies, qu'on peut rencontrer dans le meilleur gîte.

Maurice ne voulait pas recevoir ce que l'aubergiste lui donnait.

— Nous te le prêtons, lui dirent ces bonnes gens; ton père nous le rendra.

C'est ainsi que, dans son voyage, l'enfant rencontrait ici le mal, ici le bien, et qu'il passait tour à tour du découragement à l'espérance. Voyant qu'il avait affaire à d'honnêtes gens, il leur demanda la route qu'il devait suivre pour arriver en Savoie, où il allait rejoindre son père. Ses hôtes, le croyant attendu, ne le détournèrent point de son projet, et lui donnèrent les indications convenables. Enfin Maurice partit le cœur un peu soulagé.

Nouvelle affliction.

Les leçons qu'il avait reçues jusque-là n'avaient pas fait sur lui une impression bien profonde. Cependant, à force d'être éprouvé, il était devenu un peu plus réfléchi. Il reconnut qu'une partie de ses disgrâces étaient venues de son indiscrétion et de la facilité avec laquelle il se livrait aux inconnus ; il se promit donc d'être mieux sur ses gardes, moins communicatif, enfin sage et prudent, selon son pouvoir. Après divers changements de fortune, il se voyait à peu près dans la même situation qu'à la sortie de son village. D'autres habits, un peu moins bons peut-être ; vingt-cinq sous dans sa bourse, et un certain fonds d'expérience. Il n'apercevait pas encore le bout de son voyage ; mais un jour, ayant demandé si des montagnes, qu'il voyait au loin, et dont la cime était blanche de neige, n'étaient pas le Mont-Blanc, on lui dit que c'était le Jura, et que, du haut de ces sommités, le Mont-Blanc se voyait à merveille.

Cela lui fit presser le pas. Il brûlait d'arriver sur ces montagnes, pour voir enfin de là le pays où était son père. Le désir lui rendait les choses si présentes, qu'il se croyait déjà sur ces hauteurs ; de là il embrassait l'étendue, il distinguait la maison à la-

quelle son père travaillait ; il le voyait lui-même sur
un échafaudage ; il l'appelait, il lui tendait les
mains. Son père, levant les yeux, le reconnaissait
à son tour, et jetait ses outils pour le presser dans
ses bras.

Pauvre enfant ! qu'il était loin encore de ce moment heureux ! Une séparation nouvelle allait même,
dans un instant, désoler son pauvre cœur ; car nous
passons bien vite des flatteuses illusions aux tristes
réalités. Une voiture arrivait derrière lui, au grand
trot d'un cheval vigoureux ; c'était celle d'un boucher qui emmenait une pleine charretée de veaux et
de moutons. Il tenait même sur ses genoux un chevreau, destiné sans doute à une aussi triste fin que
le reste de la troupe. Comme si le pauvre animal
eût deviné le sort qui l'attendait, il s'agitait par moments, et tout à coup, s'échappant des mains de
l'homme, qui était embarrassé des rênes et du
fouet, il s'élança de la voiture, mais si malheureusement, qu'il donna du front contre une pierre. Le
sang jaillit, et cette vue provoqua l'instinct carnas-
sier de Dragon. Il sauta sur le chevreau, qui paraissait assommé, et le prit à la gorge. Malheureux
Dragon ! s'était-il aussi gâté en voyage ? L'homme
accourut ; le chien voulut défendre sa proie mal ac-
quise. Maurice, qui s'était arrêté à picorer des mûres, l'appela vainement de loin. Quand il approcha,
le boucher avait déjà passé son grand fouet autour
du cou de Dragon, et l'entraînait vers la voiture.
Cet homme, leste et vigoureux, y remontait avec son
chevreau et mettait son cheval en course. Maurice
eut la douleur de voir son pauvre ami traîné sur le
dos, après la voiture qui fuyait. Au bout de quelques instants, le ravisseur s'arrêta : Maurice crut
que c'était pour lui rendre son chien, ou le laisser
mort sur la route, après avoir dégagé le fouet. L'intention du boucher était bien différente : il avait
réfléchi que le chien était jeune, de bonne race, et
qu'il pourrait lui rendre d'excellents services. Il le

ramassa donc, et ce fut sans peine : le pauvre Dragon était trop maltraité pour se défendre ; il se laissa jeter et attacher parmi les veaux et les moutons. Ce fut fait en un clin d'œil ; après quoi, la voiture s'éloigna encore plus vite qu'auparavant.

Maurice avait tout vu à la distance de cent pas. Sa douleur fut si violente, qu'il se laissa tomber par terre, où il ne fit longtemps que crier et gémir. Peut-être, s'il avait couru, aurait-il suivi la voiture d'assez près pour voir le chemin qu'elle prenait. Le désespoir ne raisonne pas, et Maurice, qui venait de se promettre d'être sage et prudent, avait manqué de sagesse à l'heure même où il formait ce vœu. Il devait beaucoup souffrir sans doute. Il s'écria douloureusement : « C'est pour lui que j'ai quitté mon village, et je le perds si tristement ! Pauvre Dragon ! Quelle fureur aussi de se jeter sur ce chevreau ! Il a eu sa mauvaise pensée à son tour. Et moi, je suis puni de l'avoir dérobé à son généreux défenseur. »

Toutes ces idées l'agitèrent jusqu'au moment où il vit la route se partager. Quel côté prendre maintenant ? Le sort du chien dépendait du choix que Maurice allait faire. Cette fois le fils de Denis Gerbin fut sage ; il se dit seulement : « De quel côté dois-je chercher mon père ? » Et, la direction étant clairement tracée par les indications de l'honnête aubergiste, Maurice prit par là sans hésiter. Mais qu'il était triste, le pauvre enfant ! Que de sanglots et de larmes ! Que de fois il retourna la tête ! Qu'il s'épuisa longtemps à appeler Dragon de toute sa force ! Hélas ! si Dragon vivait encore, ce n'était plus pour Maurice.

Les bons procédés.

Vers le soir, le petit voyageur atteignit un village, et il s'empressa de s'informer s'il y avait un boucher. Sur la réponse affirmative qui lui fut faite, il se fit indiquer sa demeure et il y courut. Il se présentait à l'improviste, et néanmoins il ne vit rien de

suspect. Il entra, et dit, avec un ménagement ti-
mide, que son chien, ayant suivi la voiture d'un
boucher, il avait espéré le trouver ici.

— Il ne t'aimait donc guère, ton chien? lui dit
d'une voix forte un gros homme, à la figure ouverte
et avenante, ou peut-être ne lui faisais-tu pas assez
bonne cuisine?

— Monsieur, il se contentait fort bien de la
mienne, qui n'est pas grasse, en effet ; et, pour vous
dire la vérité, je crois qu'il ne m'a pas quitté de bon
cœur.

— Sois plus franc, mon ami, on te l'a volé ; je
vois que tu as du chagrin ; je voudrais que ton chien
fût chez moi, et pouvoir te le rendre.

Pendant que l'homme parlait ainsi, un chien, enfermé, gémit derrière une porte. Maurice tourna
vivement les yeux de ce côté. C'est que la voix du
chien était toute pareille à celle de Dragon.

— Tu crois que c'est lui ! dit le boucher d'un air
franc et loyal.

— Non, monsieur ! reprit Maurice.

— Je veux que tu en juges par tes yeux.

— Non pas, monsieur ! Je vous en prie. Vous
êtes un brave homme, je le vois bien ; Dragon n'est
pas chez vous.

En disant ces mots, l'enfant se jeta vivement au-
devant du boucher, qui allait ouvrir la porte. Cet
homme, charmé de sa confiance, lui tendit alors la
main, et lui dit :

— Tu seras un honnête homme ! Je veux que tu
soupes avec moi.

On sentait l'odeur des côtelettes sur le gril. Ces
fumées appétissantes et l'obligeante proposition du
boucher, firent souvenir Maurice qu'il avait jeûné
presque tout le jour. Il accepta l'invitation avec reconnaissance. On le conduisit dans l'arrière-maga-
sin. Là, il prit place entre le gros homme et sa
grosse femme. Ils faisaient tous deux honneur à
l'étal. Un jeune garçon et une petite fille, leurs

seuls enfants, parurent, et saluèrent Maurice d'un ton amical. Ces bonnes gens, ainsi réunis, avaient l'air le plus heureux du monde. La petite fille, qui venait d'arriver, alla ouvrir au chien reclus, et fit paraître, sans le savoir, la sincérité de son père. Maurice regarda le boucher d'un air qui voulait dire : « Je savais bien que ce n'était pas lui. » Il donna, comme les autres, ses os au chien, en pensant à la bonne fête que Dragon avait manquée. L'homme, pour distraire son jeune convive, essaya de le faire jaser. Maurice répondit honnêtement, mais avec réserve ; et comparant son triste isolement à l'heureux état où il voyait cette famille, il dit avec une sagesse au-dessus de son âge :

— Vous me faites envie ! Et s'adressant au petit garçon : — Mon ami, ne quitte jamais ton père, et ne souffre pas qu'il te quitte.

— Le tien t'aurait-il abandonné ? dit l'honnête homme avec un éclat de voix.

— J'ai le meilleur des pères ; mais Dieu sait quand je pourrai le revoir !

Là-dessus il garda le silence, et, comme on vit qu'il désirait n'en pas dire davantage, on ne le pressa plus.

— Mon enfant, dit la femme, nous ne t'avons pas invité à notre table pour te tenir sur la sellette. Tu as plus besoin de sommeil que de conversation. Nous allons y pourvoir.

Alors elle se leva, et prépara un lit pour Maurice à côté de son fils. Ils se retirèrnt ensemble, et l'enfant, imitant la discrétion de la mère, laissa le petit voyageur s'endormir à son aise, sans lui dire presque autre chose qu'un honnête bonsoir.

Depuis qu'il était en voyage, Maurice n'avait pas rencontré des hôtes plus bienveillants ; il les quitta avec tristesse, et regrettait de s'être montré si réservé. Pour eux, ils ne paraissaient pas y songer le moins du monde. Au départ, ils le saluèrent cordialement ; ils le suivirent des yeux aussi longtemps qu'ils purent. Et non-seulement on l'avait fait déjeuner copieusement avant de partir, mais il emportait encore des provisions pour la journée. On aurait dit que le boucher de ce village avait voulu le consoler du chagrin que l'autre lui avait fait.

Le messager de village.

Mais Dragon ne pouvait être si vite oublié. Sa fidélité, tant de fois éprouvée, lui assurait celle de Maurice, qui rêvait tristement dans sa marche solitaire. La joie que son père aurait à le revoir ne serait pas complète, quand il apprendrait le malheur du pauvre Dragon.

Maurice avait cheminé la moitié du jour, sans événement, et il venait de faire un bon repas des provisions que sa généreuse hôtesse lui avait données, lorsqu'il vit, à peu de distance, un homme arrêté, qui paraissait chercher quelque chose. Il était courbé vers la terre, et la tâtait avec les mains. Notre voyageur en comprit bientôt la cause : le jeune homme, qu'il voyait de près maintenant, était aveugle.

Cependant il portait le bâton du pèlerin, et il avait le dos chargé d'un sac de cuir. Maurice lui demanda ce qu'il cherchait et lui offrit ses services.

— Je suis bien malheureux, dit le jeune garçon d'une voix altérée. Tel que vous me voyez, je suis le messager du village que vous devez apercevoir d'ici, à mi-côte de cette montagne ; en voulant faire ici le compte de mon argent, j'ai laissé tomber ma bourse ouverte et l'argent s'est répandu. J'en ai retrouvé une partie, mais il me manque trente sous, et c'est justement ce que je réservais pour acheter des bas de laine à ma vieille mère, qui est paralytique.

— Vous êtes messager et vous êtes aveugle? dit Maurice en s'occupant à chercher les sous perdus.

— Oui, dit-il. Je suis le soutien de ma mère infirme, et d'une sœur, atteinte d'une maladie de langueur; Dieu l'a voulu!

L'aveugle ne cessait pas de chercher patiemment, tout en répondant à Maurice. Il ajouta :

— Vous êtes bien jeune, mon ami, à ce que j'entends. Vous saurez cependant compter ce que j'ai dans cette bourse. Voyez si peut-être je ne me trompe pas.

Maurice trouva le même compte que le messager, et là-dessus ils se mirent à chercher de nouveau. Comme ils ne trouvaient rien, l'aveugle dit tristement :

— Ma pauvre mère, tu auras froid !

— Ne perdons pas sitôt courage, dit Maurice, qui était touché des plaintes et de l'aspect de ce malheureux. Qu'était-ce que vos trente sous ? ajouta-t-il avec une intention secrète.

— Il y avait une pièce d'un franc et le reste en petits sous.

— Alors nous devons au moins en retrouver une partie. Voyons par ici, dans le fossé ; eh, justement, voici un sou, et deux, et trois... ! c'est la bonne place.

En disant ces mots, Maurice tirait les sous de sa bourse et les donnait à l'aveugle, après les avoir frottés de poussière.

Le pauvre messager ne soupçonna pas la ruse, et l'enfant, ayant tout d'un coup retrouvé, de la même façon, la pièce d'un franc, la fit recevoir tout de même. Enfin ses vingt-cinq sous y passèrent. Alors il fallut bien s'arrêter ; il était au bout de ses ressources.

— Merci ! merci ! disait l'aveugle tout réjoui. Laissons le reste dans le fossé ; cela ne m'empêchera pas d'acheter des bas à ma mère. Dieu vous conserve ces bons yeux, qui m'ont si bien servi !

Là-dessus il lui tendit la main, en le remerciant encore de sa complaisance, et il poursuivit sa route. Maurice, en le voyant s'éloigner, éprouvait un sentiment bien doux.

Il se remit en chemin de son côté ; il était dans

un pays d'un aspect triste et sévère ; des brouillards
assombrissaient la soirée ; et lui, toujours plus dépourvu, n'ayant pas un sou, plus de Dragon pour
le distraire et le défendre, il marchait toujours vers
cette Savoie qui semblait reculer devant lui. Cependant, au milieu de son isolement profond, une pensée le consolait et soutenait son courage, c'était le souvenir du secours qu'il avait prêté au pauvre aveugle.

— Il n'en sait rien, se disait-il, mais Dieu m'a
vu ; j'ai souhaité de lui plaire : il ne m'abandon-
nera pas.

Où couchera-t-il cette fois?

Cependant le jour était sur son déclin, et Maurice ne s'était pas encore vu dans des lieux aussi
déserts. Vers le soir, il se laissa tomber de lassitude
au bord de la route. Il s'appuyait contre un poteau,
et ne s'aperçut qu'au bout d'un temps assez long
que c'était une croix. Alors il se mit à genoux et
pria de tout son cœur. Peu à peu il sentit sa confiance renaître, il embrassa le signe sacré du salut,
et dit avec une ardeur nouvelle : « O mon Sauveur!
vous qui n'aviez pas un lieu où reposer votre tête,
ayez pitié d'un enfant, sans asile comme vous, et
qui n'a pas votre courage ! »

Après avoir passé quelques moments dans cette
situation, il se trouva plus fort et il put se remettre
en chemin. Aucune maison ne paraissait dans la
campagne ; il ne voyait que de grandes plaines cou-
pées par quelques haies ; mais, à peine avait-il fait
une demi-lieue, qu'il découvrit cependant un asile.
C'était une cabane de berger sur ses roues, entou-
rée de la cloison qui attendait les brebis. Il s'y rendit, le cœur joyeux, et disait en souriant :

« Le bon berger m'a exaucé : il me prête sa maison. » Elle se trouva ouverte. Il y avait un matelas
et une couverture. On eût dit que Maurice était attendu. Il y entra sans défiance, comme sous la
garde du meilleur père.

Une chose l'étonna. Il s'aperçut, à une odeur appétissante, qu'il y avait quelque part des vivres ; il s'en assura, et ses mains rencontrèrent même un morceau de pain. Quelle tentation pour un enfant qui n'avait pas soupé ! Cependant Maurice comprit que ces provisions attendaient un maître, et il n'y toucha pas. Il pria Dieu de l'endormir bien vite, pour lui ôter l'envie de mal faire. En effet, il s'endormit tranquille, persuadé qu'on lui pardonnerait d'avoir occupé le logis, s'il bornait là son usurpation.

Il pouvait être dix heures, quand Maurice fut réveillé par des bêlements confus, auxquels se mêlaient une voix d'homme et les aboiements d'un chien. Il comprit qu'on amenait le troupeau dans le parc. Au bout d'un moment, la porte s'ouvrit, une main s'avança et le palpa doucement : « C'est bien, dit la même voix, tu es à ton devoir. Tu peux dormir. Le troupeau va en faire autant. Je ferme les portes du parc et je laisse le chien. »

Maurice fut si étourdi de ce réveil et de cette apostrophe, qu'il ne trouva rien à répondre. L'homme était bien loin, lorsqu'il put se reconnaître, et se dire qu'il aurait dû prévenir l'inconnu de sa méprise. Maintenant il était trop tard. « Enfin, se dit-il, s'il ne s'agit que de dormir, je m'en acquitterai aussi bien qu'un autre. » Il reprit donc sans scrupule son sommeil interrompu, lorsqu'il se fut aperçu, au silence croissant, que les moutons s'endormaient autour de lui.

Mais il ne devait pas achever la nuit sans autre événement. Il était environ deux heures, quand la porte de la cabane s'ouvrit une seconde fois.

— Père Claude, dit une jeune voix, me voici ! Pardonnez-moi d'arriver si tard ; mon beau-frère n'a pas voulu me laisser quitter la noce avant la fin.

Le jeune garçon continuait de faire des excuses ; Maurice lui répondit :

— Ce n'est pas le père Claude qui est ici.

— Qui donc ?

— Un voyageur, un enfant, qui s'était réfugié dans cette cabane ouverte, et qui dormait déjà quand le père Claude a amené les moutons. Il m'a trouvé à votre place et m'a pris pour vous, comme vous venez de me prendre pour lui.

— Ah ! mon ami, tu m'as sauvé une belle réprimande, et peut-être bien pis !

— Et toi, tu m'as procuré une bonne nuit.

— Avec un souper suffisant, j'espère ?

— Comment cela ?

— Sans doute, il devait se trouver des provisions dans la cabane ?

— Je m'en suis aperçu à l'odeur ; elles y sont toujours.

— Pauvre garçon ! tu n'avais donc pas faim ?

— Je mourais de faim en arrivant ici, et je me suis dépêché de m'endormir pour ne plus y penser.

— Et à présent ?

— Et à présent ? tu t'imagines !...

— Eh bien ! soupe vite, mon ami, ne te gêne pas. Je viens de la noce, moi ; j'ai marié ma sœur aînée ; tu goûteras de notre galette.

Le jeune berger n'était pas resté en place pendant ce dialogue ; il était monté dans la cabane ; il avait allumé une petite lampe rustique et s'était assis à côté de Maurice. Alors il se mit à le servir et il étala devant lui son souper. Il vit avec satisfaction que le père Claude avait fait ce jour-là les choses assez largement. Maurice consomma tout, à la grande joie de Michel. La galette vint après et fut trouvée excellente. Le dessert achevé, les deux camarades renvoyèrent au lendemain toute autre explication, afin de vaquer au plus pressé. Maurice retrouva un meilleur sommeil, depuis qu'il était restauré par la nourriture, et Michel dormit comme on dort après un repas de noces, une course de deux lieues, et la certitude d'avoir échappé à la colère d'un maître justement redouté. Au réveil,

quand il sut comment Maurice avait été amené dans
la cabane, il dit :

— J'irai suspendre une couronne à la croix.

— Tu feras bien aussi, ajouta Maurice, de dire à
ton maître la vérité.

Nouvelles aventures.

Après avoir quitté Michel, le petit voyageur se
remit en chemin, et, malgré le souvenir de cette
nuit, passée bien plus heureusement qu'il ne l'avait
espéré, il se laissa peu à peu ressaisir par le découragement. L'influence de la grâce semblait s'éva-
nouir à mesure qu'il s'éloignait du lieu où il l'avait
ressentie. Il est malheureusement vrai que la chaleur du zèle pieux, qui devrait nous animer sans
cesse, nous abandonne, le plus souvent, après de
courts intervalles. Maurice était dans ces fâcheuses
dispositions, lorsqu'il fit une de ses rencontres les
plus tristes. Il vit enfin de ses yeux ces hommes
terribles, auxquels il avait pensé tant de fois en frémissant. Deux gendarmes, le fusil sur l'épaule et
le sabre au côté, conduisaient un malfaiteur, les
mains enchaînées. Ils marchaient d'un bon pas, et
devancèrent bientôt Maurice, qui frissonna d'horreur à cette vue. L'un d'eux le salua d'un ton brusque, et l'enfant lui rendit le salut bien humblement. Quand ils eurent fait quelque pas, le même
gendarme se retourna, regarda fixement Maurice,
et parut dire à l'autre quelques mots sur son compte.
Pour lui, il suait d'angoisse, et il ne fut rassuré que
lorsqu'il les vit bien loin, ou plutôt lorsqu'il ne les
vit plus.

Son déjeuner, si matinal, était depuis longtemps
digéré, quand il passa devant une pauvre maison,
au bord de la route. Quatre jolis enfants étaient
assis sur le seuil de la porte, armés chacun d'une
cuiller, et tenant sur leurs genoux, qui faisaient table, une assiette pleine de soupe. Un chien était
couché auprès de la troupe mangeante. — Où es-tu,

pauvre Dragon?... Ce fut la première pensée de
Maurice ; la seconde fut pour le potage. Les enfants
saluèrent gaiement le petit voyageur, en brandis-
sant leurs cuillers. Ces figures joviales pouvaient
donner à Maurice de la confiance ; mais demander
la charité est si dur, surtout pour ceux qui l'ont
faite ; Maurice s'en tira avec finesse, et un badinage
lui valut un nouveau déjeuner. Répondant aux aga-
ceries des enfants, il s'assit vis-à-vis sur une pierre,
au bord de la rou'e, et, comme s'il avait eu une
cuiller à la main et une assiette pleine sur les genoux, il se mit à manger à vide, affectant de savou-
rer avec délices. Les plus jeunes enfants rirent aux
éclats ; la jeune mère survint, et rit à son tour, mais
avec attendrissement. Elle fit un signe d'appel à
Maurice, qui vint gaiement s'asseoir auprès de la
jeune famille, et prendre au déjeuner une part ef-
fective. La mère l'obligea d'accepter, de surplus,
un morceau de pain.

— C'est le dessert du pauvre, lui dit-elle.

— Merci, Madame, dit l'enfant avec reconnaissance. Un riche ne ferait pas mieux. « J'ai eu faim,
et vous m'avez donné à manger. »

Et il partit après avoir salué amicalement les enfants et la mère.

Théodore.

Il marchait depuis longtemps, les yeux fixés sur
ces chères montagnes, qu'il voyait toujours dans le
lointain, lorsqu'il fut devancé par une voiture de
belle apparence. Cependant la couleur sombre et
les livrées noires annonçaient le deuil. Un monsieur
et une dame étaient seuls dans la voiture. Maurice
les regarda curieusement et il leur ôta son chapeau.
Le vent qui soufflait alors fit jouer ses longs cheveux bruns autour de sa jolie tête, et les chevaux
n'allant qu'au petit trot, la dame eut le loisir de
considérer l'enfant. Elle fit soudain un mouvement
de surprise, et poussa un cri. A quelques pas de la

on arrêta la voiture, et le monsieur et la dame, ayant mis la tête à la portière, observèrent de nouveau Maurice en échangeant des paroles très-animées.

Pour lui, toujours défiant, il s'était arrêté. On lui fit signe d'approcher ; il obéit avec crainte. Quand il fut à vingt pas, la dame s'écria :

— C'est lui-même ! Ne le diriez-vous pas ?

Le monsieur descendit de la voiture et s'approcha de Maurice. Alors le pauvre enfant se troubla ; s'il l'eût osé, il aurait fui. Le monsieur le prit par la main, et l'observait avec une attention passionnée.

— Ces yeux bleus ! ces cheveux bruns et bouclés ! cette bouche !... Mon Dieu !...

Telles étaient les réflexions qu'il faisait à haute voix, en présence d'un vieux domestique qui était accouru, et qui regardait Maurice avec la même surprise.

— Votre nom, mon enfant ? lui dit le maître.

Maurice ne doutait pas que ces personnes ne l'eussent reconnu, parce qu'on l'avait signalé dans quelqu'un des lieux témoins de ses étourderies et de ses escapades. Il se rappela tout à coup le chuchottement des gendarmes, et il se crut perdu, s'il déclarait son vrai nom, qu'il avait dit si souvent. La frayeur le jeta dans la feinte ; encore le pauvre enfant ne laissa-t-il pas de respecter jusqu'à un certain point la vérité. Il se souvint que son père l'appelait quelquefois son Théodore, parce qu'on lui avait dit que cela signifiait *Dieu l'a donné* ; et Maurice dit en rougissant qu'il s'appelait Théodore.

Pressé de questions sur son voyage, il ne fut pas plus sincère.

— Je suis un orphelin, dit-il ; je cherche à me placer comme berger dans le voisinage.

La dame, qui le regardait avec attendrissement, lui dit :

— Vous êtes seul, mon enfant ; vous êtes fati-

gué, montez dans notre voiture ;... nous vous lais-
serons où vous voudrez.

Maurice, confus et troublé, se laissa faire, moitié
frayeur, moitié séduction. Il n'avait jamais entendu
une voix si douce, ni vu une si belle dame. Elle le
fit asseoir devant elle, le regarda encore, le caressa.
Au bout de quelques moments, elle se cacha le visage avec les mains, et, quand elle se découvrit,
elle était baignée de larmes. Le monsieur dit à la
dame :

— Si c'est là l'effet de sa présence, il faut nous
séparer de lui.

— Ah ! s'écria-t-elle, je voudrais qu'il ne me
quittât jamais !

A quatre lieues de là, on arriva en vue d'un châ
teau, et l'on proposa à Maurice de venir y passer la
nuit. L'exclamation de la dame lui avait bien causé
quelques alarmes ; mais il ne se crut pas menacé
sérieusement de perdre sa liberté, et il accepta timidement. Quel gîte différent de celui de la veille !
Un superbe château après une cabane roulante !
Tout fut à proportion. Maurice fit une chère déli-
cate ; il fut servi par les domestiques, logé dans une
chambre élégante, couché dans un lit des plus mous.
Il était fort embarrassé de sa personne au milieu de
ces magnificences.

On lui proposa le lendemain de chercher une
place de berger dans le voisinage.

— A moins, dit la dame, que vous ne préfériez
rester avec moi. Voulez-vous, mon cher Théodore,
me tenir lieu du fils que j'ai perdu ?... Vous-même,
vous avez perdu vos parents : nous vous servirons
de père et de mère.

A ces mots, l'enfant se mit à pleurer. La dame,
qui vit dans ces larmes un pur mouvement de reconnaissance, en fut touchée. L'aurait-elle moins
été, si elle avait su que Maurice s'attendrissait à la
pensée de son pauvre père, et que, le cœur op-
pressé, il se disait : « Non, non, je ne le laisserai

pas!... » On ne s'en dit pas davantage pour l'heure.
La dame ajouta seulement :

— Vous êtes libre, mon enfant; ne craignez pas
que je vous retienne malgré vous : mais, si vous
m'aimez un peu, ne me quittez pas encore !

Le château de Varanes.

Le monsieur s'y prit d'une autre façon pour achever de le séduire. Il lui procura tous les divertisse-
ments qu'on aime à son âge. Maurice eut des cer-
ceaux, des toupies, des arcs et des flèches, des bal-
les, une escarpolette ; le tir au pistolet l'intéressa
vivement ; mais rien ne le charma plus qu'un petit
cheval, qu'il montait la moitié du jour. Ajoutez à
cela des friandises, des habits élégants, enfin toutes
les recherches du luxe. Et puis Maurice voyait qu'il
faisait plaisir à deux personnes malheureuses, en se
laissant combler de faveurs. Déjà une certaine ai-
sance de manières avait remplacé chez lui la gaucherie. Il avait des répliques agréables, des discours
naïfs et charmants ; et il entendait toujours plus
souvent la dame dire avec tendresse ;

— C'est son image ! Dieu l'a permis pour nous
consoler.

Les domestiques, voyant croître chaque jour la
faveur de M. Théodore, s'accoutumaient à le traiter
avec plus de déférence. Il n'en abusait pas trop ;
mais quel enfant, quel homme refuse longtemps
d'accepter les avantages d'une position brillante
qu'on s'attache à lui faire ? M. Théodore s'accoutuma
bientôt à tenir son rang, et n'en plut que davantage
à la dame, qui le trouvait par là toujours plus semblable à son fils. Ainsi le temps s'écoulait à prendre
du plaisir, à recevoir et à donner des témoignages
d'affection. Le petit consolateur s'engageait si avant
dans ces nouveaux liens, qu'il en pensait moins souvent, je ne dis pas à Dragon, mais à son père lui-
même. La prospérité le gâtait plus que n'avaient

fait les accidents de tout genre et les mauvaises compagnies.

Cependant sa conscience le poursuivait même dans le château de Varanes, et lui parlait assez haut pour le troubler quelquefois : « Tu trompes tes bienfaiteurs ; tu oublies ton père ; tu ne peux vivre ainsi toujours. »

Il avait la permission de se promener à cheval dans le voisinage. Pendant une de ces excursions, il vit un petit garçon assis au bord de la grand'route. Il paraissait fatigué. Maurice, qui se souvenait de ses aventures passées, s'approcha de lui avec intérêt, et lui demanda où il allait.

— Je vais faire mon tour de France, répondit-il d'une voix un peu traînante.

— Que portes-tu dans cette boîte?

— Dans cette boîte? Pardi, c'est la marmotte.

— La marmotte ! Qu'est-ce que cela?

— Vous allez voir.

Il la fit danser devant Maurice, qui voulut savoir d'où il venait.

— Pardi ! je viens de mon pays, de la Savoie !

— De la Savoie !

A ce mot, le fils de Gerbin fut tellement ému, qu'il en eut la parole coupée. Il reprit :

— Tu viens de la Savoie, et moi, j'y allais !

— Vous, monsieur ! qu'iriez-vous faire dans ce pauvre pays?

— Je ne suis pas tant monsieur que tu crois. Dis-moi, mon ami, par où as-tu passé pour venir jusqu'ici?

— Eh! je suis venu tout devant moi. Je viens d'Argentières, Chamouny, Sallenche, Magland, Cluse, Bonneville... L'enfant nomma de suite tous les lieux par où il avait passé. Maurice tira vite de sa poche un joli portefeuille, que madame de Varanes lui avait donné, et il écrivit, sous la dictée du petit Savoyard, tous ces noms qu'il lui fit répéter.

— Et tu vas courir tout seul le pays ? dit-il ensuite avec conpassion. Tu as quitté ton père ?

— Je suis encore trop jeune pour exercer son état.

— Quel état ?

— Maçon. Mon père est maçon ; mon grand-père
était maçon, et je le serai comme eux, quand les
forces seront venues.

— Où demeure-t-il ton père ?

— Si vous me demandez où est sa maison et sa
famille, c'est à Argentière, comme je vous l'ai dit ;
mais, depuis six semaines, il est dans la ville qu'on
rebâtit, à Sallenche, vous savez, incendiée tout entière il y a six mois.

— Sallenche ! on la rebâtit ? Il y a donc bien des
maçons ?

— Ils sont au moins deux mille. Oh ! je les ai vus
en passant. Les Savoyards ne suffisaient pas ; on a
fait venir des ouvriers du dehors.

Chaque mot du petit garçon augmentait la curiosité de Maurice. L'enfant ajouta :

— Il y a de braves gens parmi eux, et mon père
s'en est fait des amis. Comme il m'envoyait en
France, il y en a deux ou trois qui m'ont donné
quelques mo.s d'écrit pour chez eux, quand ça se
trouvait sur ma route.

— Montre-moi ces lettres, montre-les-moi, je te
prie. Peut-être y en a-t-il une de mon père !

— Votre père, un maçon ?

— Oui, mon ami, comme le tien ! Je t'en prie,
montre-moi ces lettres !

L'enfant lui tendit ces papiers, parmi lesquels
Maurice n'eut pas besoin de chercher longtemps.
Une des premières lettres qu'il vit était adressée à
mademoiselle Justine Gerbin, la défunte cousine.
Et l'écriture ! Maurice la reconnut bientôt. Les
mains lui tremblaient, ses yeux se remplirent de
larmes, Après quelques explications, données avec
désordre, il eut la permission d'ouvrir la lettre, et il
en trouva dedans une autre pour lui. Alors ses

pleurs coulèrent avec tant d'abondance que le papier en fut tout trempé. Maurice, un peu remis,
parvint à lire. C'était une bienveillante recomman-
dation en faveur du petit Savoyard, et des témoignages de tendresse, de sages conseils, comme un
bon père sait en adresser à l'enfant qu'il croit toujours un bon fils.

— Malheureux que je suis! s'écria-t-il, j'ai pu
l'oublier!

Alors, saisi de douleur et de remords, il n'a plus
qu'une pensée, courir à Sallenche, se jeter aux pieds
de son père et lui demander pardon. Mais combien
de jours va-t-il rester en chemin?

— Pas beaucoup, puisque vous avez un cheval.

— Il n'est pas à moi.

— C'est dommage, en trois jours vous y seriez.

Quelle tentation pour Maurice! Il sait maintenant
où est son père; il connaît sa route pour aller jusqu'à lui; il est à cheval! Nous l'avons vu trop faible jusqu'ici pour nous étonner qu'il cède encore.
« Je reviendrai bientôt, se disait-il; je rendrai le
cheval; je m'excuserai auprès de M. et madame de
Varanes. Si je vais leur demander la permission de
partir, ils ne me la donneront pas. » Cette pensée
et la honte de leur avouer un mensonge lui firent
commettre une faute de plus. Il partit donc, après
avoir fait promettre au petit Savoyard de le visiter
à son retour. Il voulait le forcer de partager avec
lui sa bourse, que la généreuse dame tenait bien
garnie. L'enfant refusa, il dit :

— J'ai de quoi vivre avec la marmotte, et j'espère bien rapporter de l'argent chez nous.

Maurice à cheval.

Les deux enfants se séparèrent, après s'être embrassés. Maurice retourna quelquefois la tête avec
un sentiment de pitié; car le piéton est naturelle-
ment un objet de compassion pour le cavalier.
Pauvre Maurice! si tu avais su ce qui devait t'arri-

ver, tu aurais gardé un peu de cette pitié pour toi-
même. Il fit une longue traite le premier jour, et ne
s'arrêta qu'à la couchée. Il entra dans la première
auberge de bonne apparence. On le traita fort bien,
et peut-être aussi son cheval, quoique l'âge tendre
du cavalier laissât la monture à la discrétion du valet d'écurie. Le lendemain, quand il s'agit de payer,
Maurice fut bien surpris de la grosse dépense qu'il
avait faite. On le traita noblement, et il calcula que
deux saignées pareilles mettraient sa bourse à sec.
Il reconnut par là que, si un cavalier va plus vite,
il dépense bien davantage. Il se trouvait beaucoup
plus pauvre avec son cheval qu'avec son chien, et
sa qualité de cavalier, ses beaux habits, ne lui per-
mettaient plus de mettre à profit les humbles ressources qui s'offrent d'elles-mêmes au pauvre piéton.

Il partit fort soucieux. Les remords se réveillaient
chez lui avec l'inquiétude. Ce père, qu'il courait
chercher, avec une ardeur qui pouvait seule faire
excuser sa faute, ne le condamnerait-il pas le premier ?

— Ah ! que j'ai besoin de le revoir, s'écriait-il,
et de me placer sous sa garde ! Que je deviens mauvais, à vivre comme je fais depuis quelque temps !

Ces pénibles réflexions le poursuivirent tout le
jour. Le soir il dut traverser un bois, pour gagner
un village où Monsieur trouverait, lui avait-on dit,
une excellente auberge. Il était arrivé au plus épais,
lorsqu'il rencontra un homme de mauvaise mine,
qu'il essaya d'éviter en poussant son cheval vers la
gauche en piquant des deux. L'homme fut plus
prompt que lui.

— Votre bourse, mon petit monsieur ! dit le
drôle en arrêtant le cheval par la bride.

Maurice, troublé de frayeur, jeta les yeux derrière lui, comme pour appeler son fidèle défenseur.
Hélas ! il était bien loin son pauvre Dragon ! Déjà
pâle comme un linceul, il donna sa bourse. Elle
était fort jolie, mais il n'y avait pas de quoi contenter le voleur, qui s'attendait à une plus forte prise.

— Vous n'êtes guère en fonds, pour un cavalier si bien monté, lui dit-il avec insulte! Mais voilà des habits distingués. Peste, le beau drap! et tout neuf! Allons, mon petit monsieur, à bas les habits.

Maurice pleurait et gémissait.

— Pas de bruit, cela ne sert de rien; et vite en besogne!

Sur un geste impératif du scélérat, Maurice, descendu de cheval, ôta son habit. Ce ne fut pas assez. Le gilet, le pantalon, les bas et les bottes y passèrent. Enfin, la chemise ayant paru d'une toile fort belle, l'impitoyable voleur la voulut aussi. Maurice, tremblant de frayeur, dut l'étendre par terre, pour envelopper ses hardes dont il fit lui-même un paquet, sous les yeux et la direction du bandit, qui tenait le cheval par la bride.

Ce misérable méditait peut-être un dernier attentat. Du moins son bras, armé d'un bâton menaçant, était levé sur la tête de Maurice, lorsqu'un cri se fit entendre à quelques pas. Le brigand tourna la tête de ce côté, et l'enfant eut la présence d'esprit de s'esquiver comme une souris, et de grimper sur des roches voisines couvertes d'épais buissons. Le voleur ne pouvait l'y poursuivre sans abandonner le paquet et le cheval: il préféra sauter en selle et s'éloigner au galop. Ce qui avait sauvé la vie à l'enfant, c'était le cri d'un geai, troublé dans sa retraite par un écureuil.

Cependant la frayeur, le saisissement, le froid, ne feraient-ils pas ce que le scélérat n'avait pu faire? Maurice était tellement troublé, qu'il resta fort longtemps immobile, incapable de s'aider lui-même, et n'osant appeler du secours. Au bout d'un moment, il revint un peu à lui, et ce fut pour souffrir davantage. La nuit approchait; qu'allait-il devenir? Hélas! il périrait, si près d'atteindre Sallenche et de retrouver son père! Que de regrets, que de remords il sentait dans ces horribles moments! Comme il implora Dieu de tout son cœur et lui fit humblement l'aveu de ses fautes ! Il pleurait, il gémissait de détresse, et ne croyait pas ses derniers moments bien éloignés.

Au milieu de cette angoisse, il entendit le pas d'un cheval. « C'est lui qui revient ! se dit-il d'une voix étouffée ; mon Dieu, sauvez-moi ! Cependant Maurice ne bougea pas ; il en était incapable. Il guettait au passage l'homme qui allait paraître. Ses genoux tremblaient, ses dents claquaient, il frissonnait de tout son corps. Heureuse rencontre ! Cet homme, tant redouté, c'était un gendarme. Maurice, comme sauvé de la mort, rendit justice cette fois à ce personnage tutélaire, et l'appela à son secours avec toute la voix qui lui restait. A cette plainte, le gendarme tourna la tête, et fut bien surpris de voir un enfant tout nu. Quelques mots entrecoupés le mirent au fait.

— Où l'homme a-t-il passé ? dit le brave.

— De ce côté.

— Cependant j'en viens, et je n'ai rien vu. Il aura quitté la route.

Là-dessus il fit un mouvement, comme pour aller à la recherche. Maurice s'écria :

— Oh ! Monsieur, me laisserez-vous !

— Te laisser ? Non, c'est impossible. Pauvre enfant ! Il est tout transi. Tes pieds saignent ?

— Je me suis blessé en fuyant dans ces épines.

— C'est une pitié. Le scélérat ! s'attaquer à un enfant ! Tout en causant, le brave homme avait ôté son manteau de dessus ses épaules ; il le posa sur celles de Maurice, et l'enveloppa dedans tout entier ; puis, l'ayant pris dans ses bras, il remonta à cheval, et l'emporta comme il put.

Ils firent ainsi une assez longue traite. Le gendarme se garda bien de questionner Maurice en chemin. Il s'apercevait, au tremblement convulsif du pauvre malheureux, qu'il était agité. Enfin ils arrivèrent au poste. On fit un bon feu ; on réchauffa les membres de l'enfant ; on lui fit prendre

une tasse de bouillon ; après quoi il fut couché sur
un lit de camp, qu'on avait muni, en sa faveur,
d'un matelas. Bien restauré, bien couché, bien couvert, Maurice s'endormit avec le sentiment d'une sé-
curité parfaite : il était au milieu des gendarmes.

Maurice retrouve son père.

Il dormit fort tard. A son réveil, le premier objet
qu'il vit furent ses habits, étalés auprès de son chevet. Il croyait rêver. On lui dit que le gendarme à
qui il devait la vie lui avait rendu ce nouveau service, et qu'il venait de ramener le malfaiteur et le
cheval. Là-dessus il s'habilla bien joyeux. On lui demanda son nom ; il se garda bien de mentir cette
fois : il avait trop de regret de sa faute ; d'ailleurs
il parlait à l'autorité, qu'on doit tromper moins que
personne. Il déclara donc qu'il s'appelait Maurice
Gerbin.

— Maurice Gerbin ! s'écrièrent les gendarmes ;
le fils du maçon ?

— Oui, Messieurs. Comment le savez-vous ?

— En effet ; le signalement est exact, dit le chef
du poste, qui, prenant un papier, se mit à faire en
détail l'examen de sa figure. Tout se trouva con-
forme, et devait l'être.

— Ah ! malheureux enfant ! que tu as fait souffrir ton père ! dit gravement une moustache grise.

— Mon père ! savez-vous où il est ? sait-il où je
suis ?

— Nous savons où il est, et, dans deux heures,
il pourra te voir, s'il plaît à Dieu.

Ces derniers mots furent prononcés d'un ton qui
fit frémir Maurice.

— Ah ! Monsieur, serait-il ?...

— Il est malade d'inquiétude ; j'espère que ta
présence le guérira.

Alors l'enfant poussa des cris de douleur. La
vieille moustache le prit par la main, et se chargea

de remettre l'enfant dans les bras du pauvre Gerbin

— Allons, allons, disait Maurice... Mon Dieu! pardonne-moi; guéris mon père! je serais trop malheureux!...

On attela le cheval à une petite voiture. L'enfant apprit en chemin que, son père ayant écrit au village quelques jours auparavent, on avait pu lui écrire à lui-même. Aussitôt qu'il avait appris la mort de sa cousine et la fuite de son enfant, il était accouru. Comme il soupçonnait la vérité, c'est-à-dire que Maurice avait voulu le rejoindre, il l'avait signalé sur toute la frontière. Lui-même, l'ayant parcourue, et ne retrouvant pas son enfant, était tombé malade dans le voisinage.

Il fallut le préparer par degrés à la joie qu'il allait éprouver. Le brave homme qui lui amenait son fils lui annonça d'abord qu'on avait de ses nouvelles, et qu'il se portait bien ; il ajouta bientôt qu'il l'avait vu lui-même; enfin il lui découvrit que l'enfant était-là.

— Maurice! s'écria-t-il; et l'on ne put retenir l'enfant davantage.

Il se jeta dans les bras de son père, et puis à ses genoux, d'où il ne voulait plus se relever.

— Pardon! pardon! s'écriait-il d'une voix étouffée.

Les embrassements paternels lui dirent assez qu'il n'était pas devant un juge sévère. Gerbin dit à son enfant, pour toute réprimande :

— Maurice, tu as failli me faire mourir.

A ce tendre et grave reproche, l'enfant pleura et se repentit.

La joie répara le mal que l'angoisse avait fait. Gerbin fut bientôt en état d'écouter l'histoire de Maurice. Il y en eut pour plus d'un jour. L'enfant ne cacha ni le bien ni le mal. A cette naïve franchise, l'heureux père put reconnaître que, par un grand hasard, la vie d'aventurier n'avait pas fait à son fils un tort irréparable.

— Et ce pauvre Dragon ! que sera-t-il devenu ? disait Gerbin, assez heureux maintenant pour être en état de regretter son chien.

— Ça, mon enfant, ajouta-t-il, nous ne pouvons nous dispenser de visiter ceux qui t'ont fait du bien. Nous devons des excuses à plusieurs, et même des réparations. Que les faveurs du ciel ne nous fassent pas oublier nos devoirs envers les hommes. Ne soyons pas ingrats.

Ils firent donc, en retournant chez eux, le même chemin que Maurice venait de faire. Mais quelle différence entre ces deux voyages ! l'un, plein d'accidents et de peines ; l'autre, facile et charmant. Le père et l'enfant cheminaient souvent côte à côte en se tenant par la main ; souvent aussi Maurice montait le petit cheval qu'il ramenait à Varanes. Il montrait à son père les lieux où quelque aventure lui était arrivée. Ils s'y arrêtaient quelquefois : ici la cabane du berger, ici la croix, ici la rencontre de l'aveugle. La visite à M. et madame de Varanes fut une des plus intéressantes. Ce digne couple fut bien réjoui de revoir l'enfant. Ils écoutèrent avec intérêt son histoire, et lui pardonnèrent sa dissimulation et sa fuite avec une grande bonté.

— Dieu vous l'a rendu, dit la châtelaine à Denis Gerbin ; je ne vous le demanderai pas ; mais promettez-moi de vous établir dans notre voisinage. Maurice, qui n'a pas voulu être notre fils, ne refusera pas d'être notre ami.

Ils promirent tous deux avec reconnaissance, et ils tinrent leur promesse.

Après avoir visité le château, ils ne dédaignèrent pas l'étal de l'honnête boucher. Là une nouvelle joie les attendait : ils retrouvèrent Dragon. Le brave homme avait fini par découvrir le ravisseur, et, sans lui rien dire de ce qu'il savait, il s'était fait céder le chien du petit voyageur, ne désespérant pas de pouvoir le lui rendre un jour. On devine quelle fut la joie du pauvre animal. Et Dragon avait passé par tant d'épreuves, que sa sensibilité naturelle s'en était beaucoup accrue.

Après avoir accompli, chemin faisant, tous les devoirs de la politesse et de la reconnaissance, Gerbin et son fils rentrèrent dans leur village. Ce fut un événement. Ils trouvèrent le voisin parfaitement guéri de ses blessures, et lui firent en leur nom, et au nom de son bouillant ennemi, des excuses, qu'il reçut fort mal. Ils réglèrent ensuite toutes leurs affaires, puis ils plièrent bagage et quittèrent sans trop de regret, le village de M. Christin, pour se rendre auprès de M. et madame de Varanes. Quoique de nouveaux héritiers eussent adouci plus tard la douleur d'une perte cruelle, ce couple trouva toujours du plaisir à voir, à encourager et à soutenir Maurice. Au bout de seize ans, M. de Varanes voulut se construire un château dans le goût moderne; Maurice en fit les plans, et son père y travailla sous lui avec des forces entières. Dragon, exemple de longévité, non moins que de dévouement, vivait encore en ce temps-là, et il s'éteignait doucement au coin du feu, comme un tison achève de se consumer lentement sous la cendre.

FIN DES AVENTURES DU PETIT MAURICE

Coulommiers. — Typ. P BRODARD et GALLOIS.